De loin on dirait une île

DU MÊME AUTEUR

CHEZ LE MÊME ÉDITEUR

Nouvelles du Nord, 1984
La Chinoise, 1987
Les Petits Bleus, 1990
La Belle Jardinière, 1994
En compagnie des femmes, 1996
Nouvelles du Nord et d'ailleurs, nouvelle édition augmentée de *La Chinoise* et *Les Petits Bleus*, 1998
Masculins singuliers, 2001
Les Sentiers délicats, 2005

CHEZ D'AUTRES ÉDITEURS

Manfred ou l'hésitation, Le Seuil, 1985
Duo forte, Grasset, 1989
L'Ange de Bénarès, Flammarion, 1993
Bruits de cœurs, Les Silènes, 1994
L'Homme de chevet, Flammarion, 1995
La Tolérance, dessins de Jean-Marie Queneau, Claude Stassart-Springer, éditions de la Goulotte, 1995
Deux Poèmes, dessins de Jean-Marie Queneau, Claude Stassart-Springer, éditions de la Goulotte, 1996
Mademoiselle Chambon, Flammarion, 1996
Jours en douce, Flohic éditions, 1997
On dirait une actrice, Librio, 1997
Bienvenue parmi nous, Flammarion, 1998
Les Cabanes, dessins de Claude Stassart-Springer, éditions de la Goulotte, 2000
La Correspondante, Flammarion, 2000
Hongroise, Flammarion, 2002
L'Histoire de Chirac, Flammarion, 2003
La Baïne, Le Seuil, 2007

Éric Holder

De loin on dirait une île

le dilettante
19, rue Racine
Paris 6^{e}

ISBN 978-2-84263-160-4

Chapitre 1

C'était en février, le mois le plus court, le plus dur. La route qui relie La Ferté-Gaucher à Montmirail, Marne, était givrée au passage des forêts. Un soleil boréal allumait des plaques de neige pelées au-dessus des pâtis désertés par les vaches, remisées à l'étable.

D. rêvait depuis un long moment, assise à côté de moi dans la voiture. Les yeux gris-bleu des femmes qui lisent beaucoup prirent une teinte marine.

– J'aurais le sentiment de rater mon existence si je n'habitais pas près de l'océan, dit-elle brusquement. Et je n'aimerais pas attendre d'être à la retraite…

D. est la femme de ma vie. J'ai vécu en sa

compagnie tous les âges, depuis celui de dix-sept ans. Ce n'est pas pareil à vingt-neuf, ni à quarante-sept. C'est meilleur, supérieur. À présent, il paraît que nous nous ressemblons.

J'entendais pour la première fois sortir de sa bouche l'ombre d'un regret. Elle formait une tache noire qui irait, je le savais, en s'élargissant. Fermant la trappe sur cette vision d'encre renversée, je nous donnai deux ans pour déménager.

Elle voulait dire par « océan » l'Atlantique. L'été suivant, nous écumâmes son littoral à moto. En dépliant la béquille au Verdon-sur-Mer, ayant franchi la Gironde par le bac de Royan, nous sûmes que nous avions trouvé.

Des maisons basses de pêcheurs se cachaient parmi les pins, les tamaris, les mimosas. Des ciels immenses, de quelque côté qu'on se tourne, ne connaissaient aucune entrave, des ciels Turner, Jongkind, des ciels de peintres flamands et, certains soirs, indonésiens, ne manquaient que les éléphants, l'indigo et les palmiers y étaient. Pour l'heure, la lumière délicate et bleutée de l'estuaire sertissait des clochers élancés à l'horizon de marais, de roselières, les *mattes*.

Nous allâmes à Soulac. À l'écart de la foule dans la rue de la Plage, des endroits retirés montraient des habitants au teint orange, abricot mûr, croûte de petit pain au chocolat, qu'ils appelaient ici *chocolatine*. Des copains échangeaient des sourires à rendre jaloux de n'être pas le leur.

Au bar des Amis, dans l'ombre fraîche près du comptoir en bois, des clients remplissaient des bouteilles en plastique à une fontaine de Loupiac doré. Un vieux créole maigre et musclé, coiffé d'un bob bleu, reposait son verre en disant à Fafa (la patronne) :

– Je reviendrai le finir. Je vois ma femme qui traverse…

Il m'apparut tout à coup qu'achever sa vie au soleil et au vent de l'océan, maigre, musclé, non loin d'engins de pêche et d'une fontaine de Loupiac constituait un sort enviable, voire, d'un certain point de vue, inattendu, inespéré.

Nous rentrâmes sur-le-champ préparer nos plans. L'objectif, sur les cartes, apparaissait dans la mire formée par l'intersection du 45e parallèle et de l'ouest de Greenwich.

Chapitre 2

Deux ans plus tard, nous changeâmes de propriété, abandonnant les arbres d'un verger « au milieu de nulle part » pour un jardin « au bout du monde ». Il n'avait pas été entretenu depuis trente ans. Une maisonnette croulait là-dessous au point qu'on ne la voyait plus, devenue synonyme, entre Queyrac et Vendays, de négligence.

Nous découvrîmes un puits sous le platane centenaire dont les branches, au moment de les tailler, tombèrent comme des arbres entiers. Théo, quatorze ans, ôtait le lierre qui étouffait les dépendances ruinées. Lola, dix-huit, clouait le lambris de sa chambre, déployait des tentures indiennes. Les chats, six, découvrirent avec plaisir une terre mêlée de sable, les gîtes de couleuvres, des espèces supplémentaires d'oiseaux : rouge-queue, bergeronnette, fauvette à tête noire. Le chien ne courait plus la gueuse dans les lointains, tremblant qu'à chaque départ, nous soyons repartis sans lui.

Quand le soleil rougissait à l'horizon, après m'être lavé au puits, j'enfourchais la moto.

La presqu'île ressemble à une portion de pizza tranchée dans sa longueur par la nationale 215. Elle est garnie, à droite en allant vers la pointe, *bianca*, jaune d'oignon, parsemée de cailloux sous les vignes ; *con verdure* à gauche, où domine la forêt.

J'allais contempler à Soulac le couchant suspendu non loin du phare de Cordouan, l'un des derniers de France à être habité en mer, un « enfer » (on appelle « purgatoires » ceux léchés par la marée, « paradis » ceux à terre). Des maîtres nageurs sauveteurs cueillaient en 4x4 le long du rivage les panneaux d'interdiction de baignade. Des surfeurs enlevaient dans un bruit de succion leur combinaison mouillée.

Je me rendais dans une venelle au sol incertain. Deux bars-restaurants s'y faisaient face, Le Jersey et Le Mocambo.

Le Mocambo avait pour perspective, depuis le comptoir exotique et son décor de tropiques, une portion d'océan comprimée au bout d'une rue. Le Jersey possédait, depuis un élégant jeu de miroirs où brillaient des chromes, une vue plongeante sur Le Mocambo.

Lorsque Ilona débouchait des cuisines, de profil sous le portique en palmiers entrecroisés, son plateau à la main, on pouvait la suivre durant quatre fenêtres successives jusqu'à ce qu'elle dépose les plats aux premières tables. Ce n'était pas qu'elle ondulât : elle glissait d'un côté puis de l'autre, à la manière de la créature de Heine, dans le poème intitulé *Rencontre* :

Dès que je vous ai vue, je vous ai reconnue
À votre révérence moqueuse –
Tu n'es pas née des enfants d'Adam,
Tu es ma cousine, la sirène.

La première fois que j'étais entré au Mocambo désert, vers dix heures du matin, je m'étais planté devant cette vision tronquée qu'on y avait du large. Ilona s'était inscrite dans le coin de ma rétine sans un mot, les mains croisées dans le dos. Elle m'avait rejoint pour prendre la commande et s'attardait maintenant en rêvant elle aussi devant la fenêtre.

Elle portait un jean, des *huaraches*, des sandales mexicaines dont on ne savait s'il fallait admirer qu'elles la rendissent émouvante, ou déplorer qu'elles ne la grandissent pas de cinq centimètres. Le front bombé de certains enfants, encadré de blond vénitien, dix-neuf ou vingt ans. Ses traits, semblables à ceux des communiantes sur les médailles, arboraient des rondeurs, des copeaux d'adolescence que l'âge se chargerait de raboter. À quarante ans, Ilona serait belle, et à soixante, évidemment.

Ce qui me saisissait plus que tout – elle avait à présent ramené ses mains près d'un ventre de bébé, son nombril apparaissait sous un court débardeur –, c'était sa paix, une tranquille assurance dans laquelle j'aurais aimé me blottir. Quand elle se retourna enfin, je vis deux grands fonds bleu de cobalt traversés par des courants.

Lorsque j'appris plus tard son prénom, Ilona, ce fut comme si un joueur se levait brusquement de table en criant « J'ai gagné ! » Elle aurait pu s'appeler Océane, Marina ou Ondine. Elle était sœur de la seule personne homonyme que je lui connaissais – dans les romans d'Álvaro Mutis, la complice, l'amante de Maqroll el Gaviero, le héros poète et aventurier, Ilona, gérante d'un hôtel au Panama...

Bientôt, il me fut pénible d'aller au Mocambo. Je commençais à souffrir de la voir porter de lourds plateaux – mais les muscles alors couraient sous sa peau. Dans la mienne, les ordres de clients qui jouissaient de l'humilier rentraient comme des échardes.

Parfois, elle essuyait du poignet un liseré

de sueur à la racine des cheveux, dans un geste aussi épuisé que touchant. Cette jeune fille n'était pas une serveuse d'occasion, mais la directrice, en quelque sorte, de l'établissement, et je restais stupéfait qu'on pût endosser une telle responsabilité à un âge où l'on est mieux pelotonné dans les études.

Je préférais m'établir au zinc rutilant du Jersey, tenu par un patron austère et bourru. De là, servi par deux barmen d'exception surnommés «le Diable» et «l'Ange», je pouvais alterner un *mojito*, l'observation de la salle du Jersey qui se remplissait de touristes et la vision d'Ilona se rendant à l'office, de l'autre côté de la rue, sous le portique de palmiers, présentant comme une offrande son plateau débarrassé.

Un soir – pour ajouter de la lumière, on avait entouré les fenêtres du Mocambo de guirlandes composées de minuscules ampoules, Ilona traversait maintenant les cases d'un calendrier de l'avent – j'entendis dans mon dos :

– Tu te rends compte, le vieux, avec l'argent qu'il a…

Le Diable :

– À sa place, j'irais draguer en boîte. Malheureuse Ilona… C'est sur elle que ça tombe…

L'Ange donnait une manière d'absolution :

– Bah ! Après tout, quel mal y a-t-il ? Si c'est son plaisir de regarder ?

Une demi-heure, un *mojito*, une étude de clients plus tard, le rude patron du Jersey, le cheveu et l'œil en bataille, s'encadrait dans le castelet du Mocambo et engueulait sa fille comme seul un père peut le faire. Car il fallait que ce fût sa fille pour répondre ainsi, poings sur les hanches, sans le craindre, saisie du courroux plus haut encore que procure l'innocence, au milieu duquel elle replaçait sans y penser des mèches sauvages, désignant parfois d'un doigt tendu l'endroit où je me trouvais.

Le regard que le papa m'adressa, lorsqu'il me découvrit, renseigna sur la part animale qui subsiste en nous. S'il y a une chose qu'un homme encaisse mal, c'est qu'un prétendant de sa fille ait le même âge que lui.

Le lendemain, un dimanche d'août traversé

par des orages (dans la rue de la Plage, les averses successives laissaient à peine le temps de courir d'un auvent à un autre, le blanc de l'écume tranchait sur l'Atlantique gris mat), je résolus d'en avoir le cœur net. Peut-être devais-je des excuses. À quatre heures de l'après-midi, Le Mocambo vidé de clients ne résonnait plus que de rafales contre ses vitres, auxquelles se mêlait dans les moments les plus furieux la plainte du vent pris entre les lambris.

J'avais garé la moto devant, laissé égoutter mon cuir au dossier de la chaise. Avant que j'aie pu m'essuyer, fouillant mon sac à la recherche d'un mouchoir, Ilona glissa d'un côté puis de l'autre, fit face, mains croisées dans le dos.

– Vous savez ce que vous désirez ? demanda-t-elle d'une voix métallique.

– Oui.

– C'est moi ?

Je sentis ma bouche s'ouvrir dans le même temps que j'entendis Tlan !, un bruit de langue contre le palais, répercuté par mes joues de poisson tiré hors de l'eau.

– Non, mentis-je. Un Schweppes rondelle.

– J'aime mieux ça...

Déjà les *huaraches* claquaient en direction du bar avec impatience. Quoique nous fussions probablement seuls, j'avais l'impression que des paires d'oreilles étaient collées à la porte de l'office. Je n'osais bouger les yeux, de peur de rencontrer, par-delà la vitre du Jersey giflée par la pluie, ceux, exorbités, du Diable et de l'Ange, le père les surplombant. Lorsqu'elle revint :

– Je vous reverrai en septembre, dis-je. Il y aura moins de monde...

Elle regarda la salle déserte autour de nous.

– Je ne comprends pas, répondit-elle.

Je délaissai Soulac une dizaine de jours. À Saint-Vivien, vers sept heures du soir, le soleil peignait en rose l'abside romane de l'église, réveillait sur ses modillons un peuple mi-humain mi-animal que nous contemplions, André et moi, depuis le restaurant de la place où il est cuisinier.

À la même heure, monsieur Bruno, à

Montalivet, ôtait ses lunettes noires de *rider*, frottait ses mains l'une contre l'autre avant d'empiler les tables. Madame Edwige, à Vendays – « Ne m'appelez pas madame Edwige, ça fait tenancière ! » –, arrosait ses plantes en pots, passé le rideau de perles, au bout de l'arrière-salle.

J'exultais, à chaque endroit où j'allais, d'entendre une vie riche et secrète palpiter en dessous de la surface des choses. Parfois, chez le boulanger, le boucher ou le marchand de matériaux, si je demeurais immobile jusqu'à ce qu'on m'oublie, se déployait à mi-voix une langue étrange, une chanson difficile à saisir. Des césures inattendues assuraient la respiration, les liaisons, un débit régulier jusqu'à ce qu'au passage d'une diphtongue, la voix s'envole au-dessus des autres lettres, toutes épelées : « Alors, tu me le donnes, ce païn ? » Des mots gascons s'entremêlaient au bordeluche (l'idiome de Bordeaux), voire à des hispanismes.

Cette langue avait le pouvoir, après trois ou quatre phrases comme on tâtonne, d'engendrer une chaleur croissant à mesure que le nombre des intervenants augmentait. Des sourires gagnaient ces derniers, le rouge leur montait aux joues jusqu'à ce qu'un rire les libère, parce que l'un d'eux avait été plus fin, plus subtil.

L'expression la plus commune était aussi la plus remarquable : « Avec plaisir », au lieu de « Je vous en prie ». Ainsi au Mexique répond-on à un remerciement, *con mucho gusto* – et pas *de nada*, « de rien », comme en Espagne. « C'était un plaisir », l'éclat des yeux brille pour le confirmer.

De la même façon, il convient de préférer « Bonne journée » à « Au revoir ». Encore faut-il prononcer le « –ne » de « Bonne journée » et, quatre syllabes plutôt que trois témoignant d'une attention plus grande à son égard, cette dernière démarre en effet d'un pied léger.

Le 2 septembre à 22 h 30, au terme de dix jours et malgré une voix intérieure qui dictait de fuir, je poussai la porte du Mocambo. La salle était pleine, à croire que des tables avaient été ajoutées. S'affairait entre elles l'équipe habituelle complétée de celle du

Jersey. En levant la tête, je vis que ce dernier était fermé. Ainsi ce qu'on m'avait raconté était vrai ? Le Mocambo, au contraire du Jersey, resterait ouvert en automne, puis l'hiver ?

Avant d'atteindre le comptoir-cocoteraie derrière lequel officiait le Diable, et c'était curieux de le voir là, déplacé comme en rêve, je croisai Ilona. Je ne la reconnus pas immédiatement. Ses cheveux étaient coupés au menton, façon Louise Brooks. *Elle s'était teinte en brune !* Le bleu de ses yeux virait aussi à la nuit noire.

– Non ! dit-elle lorsque je passai devant elle.

Non quoi ? « Méfiez-vous, n'entrez pas » ou « Par pitié, pas lui... » ?

Tandis que le barman préparait une sangria en regardant obstinément un point éloigné dans la salle, je notai la présence derrière la caisse d'une belle quarantenaire, avec quelque chose d'impérial, si cet adjectif peut engendrer un sentiment de paix profonde, ancrée, assurée, à laquelle je reconnus la mère d'Ilona.

J'en étais à la moitié de la sangria, son

quartier d'orange flottant au-dessus, quand j'entendis du boucan dans mon dos. Le père arrivait en tête, suivi des garçons du Jersey et du Mocambo réunis. Le dernier, petit et noiraud, se précipitait en renversant des chaises. Je les comptai du doigt par-dessus l'épaule du patron.

– ... sept, dis-je. Avec vous, ça fait huit. Il faut que vous vous mettiez à huit pour me sortir ?

– Dehors.

– Je n'ai pas fini ma sangria.

– On vous remboursera.

– Ah oui ? Et quand ? J'en préférerais une autre.

– Ça suffit !

Beau-papa venait de me saisir le bras au-dessus du coude. Je constatai avec plaisir que sa poigne était ferme, chaude et dénuée de méchanceté. Je me tournai vers la caisse : la mère, du haut des mêmes lagons qu'Ilona, me toisait avec le mépris réservé aux alcooliques lorsqu'on en a trop vu dans sa vie.

– Vous ne serez plus servi ici, dit-il en relâchant son étreinte, une fois dans la rue.

– Et là ?

Je montrai Le Jersey éteint.

Il soupira avant d'opérer un demi-tour en direction du restaurant, imité par les serveurs, sauf un, le petit noiraud. Il avait salivé à l'idée d'une *castagne* et restait à présent figé sur le seuil, arrêté sur le coup de poing qu'il s'apprêtait à donner, auquel les circonstances ne se prêtaient plus.

– Toi, dis-je, tu ne me touches pas.

La foule était devenue clairsemée dans la rue de la Plage. Sous le front de mer, des couples d'amoureux disparaissaient de la portion éclairée du rivage pour se fondre dans l'obscurité. Des éclairs silencieux dévoilaient par intermittence des nuages à ventre de Bouddha qui avançaient vers nous. Le clignotement du phare de Cordouan prenait des allures d'alarme, blanc, rouge, vert – trois occultations toutes les douze secondes.

C'était la première fois que je me faisais éjecter d'un bar, ce n'était pas faute d'en avoir fréquenté. Je songeais, plein d'amertume, à tous ceux que j'avais quittés dans des effusions, avec le sentiment d'avoir ajouté une fleur au bouquet.

Le vent d'ouest hoquetait, préparant l'orage, l'air avait un avant-goût de pluie. Je posai la question aux éléments :

– Quand me sera-t-il donné de revoir Ilona ? De pouvoir lui parler les yeux dans les yeux ?

On entendait distinctement gronder le tonnerre, maintenant. Le vent qui se levait en continu apporta la réponse :

– Dix ans..., soufflait-il.

– Il n'y a pas moyen de transiger ?

– Dix ans...

Waoh ! c'est long.

D'accord, j'attends.

Je tins deux semaines. Si je ne doutais pas de la garantie décennale, je craignais qu'une porte donnant sur Soulac ne fût fermée, peut-être la seule, donc, en hiver. J'envisageais d'écrire un roman dont l'action se déroulerait ici, quand les habitants résistent au noroît. Or, les vacanciers partis, qui étaient les Soulacais ?

Et puis il me semblait que j'avais encore un

mot à dire. Une histoire n'est pas complète si l'on ne dépose pas d'abord quelques ingrédients sur le sol de l'entrée. Je n'étais tout de même pas le péquenot qu'ils avaient cru chasser.

Je préférai l'écrire, ce mot. Une lettre qui courut sur la page de faux titre d'un de mes livres, avant d'expédier ce dernier au Mocambo. Je m'y adressais au «Roi» et à «l'Impératrice», il y avait eu un «malentendu», j'implorais, compte tenu de leur situation privilégiée, qu'ils ne m'empêchent pas, dès la source, d'accéder à un roman. Je n'ignorais pas que mes chances étaient réduites, cependant, ne serait-ce pas une preuve de leur magnanimité que de m'entrebâiller à nouveau la porte? Nous verrions bien à ce moment-là... Un oui ou un non suffirait de leur part, que j'irais cueillir au Mocambo un jour prochain. Qu'ils se rassurent, dans la négative, ils n'entendraient plus parler de moi.

Quand je franchis le seuil du restaurant, quelque temps plus tard, un seul serveur dressait le couvert sur les tables. Je reconnus l'un de ceux qui m'avaient escorté.

– Est-ce que je peux me ne…, demandai-je.

Il hochait la tête en signe de dénégation.

– Tsst, tsst…, fit-il d'un air accablé.

Quand je me penche au bord de cet été-là, ma honte confine au vertige, avec des nausées.

Chapitre 3

Il n'y avait eu, de part et d'autre, aucune explication. L'effroi puis la violence avaient surgi sans mobile apparent, sans motif raisonnable. Si j'avais ma propre version des événements, quelle était la leur? Quels usages avais-je heurtés pour déclencher une réaction pareille?

Ma première rencontre avec les habitants s'était donc soldée par un coup de pied au cul – ou peu s'en fallait. Il m'avait brutalement révélé la distance qui nous séparait, immense.

Je ne savais rien de leurs habitudes, de leurs aspirations, de leur tradition. Quelles valeurs avaient cours sur la presqu'île? Je ne connaissais ni l'histoire ni les mots clés. J'ignorais ce qui amusait ou affligeait, les sujets tabous, les limites de la familiarité, les occasions bienvenues, celles à éviter. J'avançais en terrain aussi flottant que dans le marais proche.

Je n'étais qu'un enfant, à qui l'on conseillait de se taire, de s'asseoir, d'écouter. Je me le tins pour dit et ouvris grand les yeux – ces yeux dont le vocabulaire, je venais de l'apprendre, était plus prisé que l'autre.

*

Depuis Paris, on prend la correspondance à Bordeaux. Sous l'énorme et splendide verrière de la gare Saint-Jean, la rame pour Lesparre-Médoc mène une existence autonome. En marge des TGV, sur un bout de voie, là-bas, près des garages, elle chauffe en attendant d'emprunter le seul trajet qui dessert la presqu'île, créé à la fin du XIXe siècle par des compagnies privées favorisant les bains de mer. Un « train de plaisir », donc.

Les passagers s'interpellent en montant à bord, le chef de quai hèle le conducteur. Passé la banlieue, la vitesse augmentant, à peine gagne-t-il l'abri des hauts arbres et actionne-t-il sous leur voûte la sirène qu'on se tait, impressionné de rentrer au pays. Après quoi, la discussion reprend de plus belle, puisqu'on y est.

La litanie des stations « Blanquefort, Ludon, Macau, Margaux, Moulis-Listrac, Pauillac » prélude, par la fenêtre, à des vignobles ruisselant depuis des châteaux de style peu homogène, et reproduits sur des étiquettes qui précisent « Haut-Médoc » (si l'on regarde une carte de France, le Haut-Médoc est en bas, le Bas-Médoc en haut).

La pierre de Gironde avec laquelle ces demeures sont construites prend les soirs de juillet une teinte de miel. On dirait, ces soirs-là, que chaque maison de maître, la remise à outils, le pigeonnier rayonnent et se cambrent, poings aux hanches, saluant fièrement le soleil. L'ombre s'alanguit au pied des ceps. La pointe de Grave ressemble alors à la Navarre.

L'hiver, de place en place, trois ou quatre silhouettes courbées, revêtues d'anoraks, tannées à tous les vents, descendent les fils, taillent les coursons, consument les sarments dans une brouette rougeoyante.

La certitude, hors saison, d'être entre Médoquins, à l'exception de quelques cyclo-touristes, favorise des dérapages au micro :

– Mesdames et messieurs, nous arrivons à...

(On pouffe.)

– Ma queue ! Euh... Macau.

(Hennissements.)

Les contrôleuses, sur la ligne Bordeaux-Le Verdon, portent toutes deux la sacoche en avant, la casquette penchée de façon un peu crâne sur les cheveux noirs, luisants, domptés à grand-peine. Leur format modeste, malgré les talons, accentue des avantages qui ont échappé à la réduction générale. Vous vous apercevez qu'elles perdent, lorsqu'elles vous dépassent, l'accent « pointu » au profit de celui avec lequel elles vérifient les habitués.

Le travail fini, elles remontent la partie déserte de la rame *en chantant*. Au bout de quelques secondes, à peine se croit-elle seule, la Médoquine fredonne.

La ligne, Pauillac dans le dos, s'enfonce à nouveau entre les arbres, les marécages, les gravières. Lesparre apparaît comme la gare de chargement de bois qu'elle était autrefois, aux abords industrieux à présent effrités. Une place, devant, plantée de platanes gigantesques, rapetisse l'autobus, le taxi, quelques pétanqueurs. Plus loin, c'est un quartier de Sud, peuplé de bohémiens

dont la belle jeunesse s'use
à démêler le tien du mien.

Une voie semi-piétonne, la rue Jean-Jacques-Rousseau, égrène autant de commerces ouverts qu'il y en a de fermés pour longtemps, sous le volet qui s'écaille et l'enseigne en lambeaux. Certains perdurent à mi-chemin d'une fatalité, écoulant le stock des années 80. Place Clemenceau, la sous-préfecture, un tribunal copié sur un tableau de Giorgio De Chirico et une église pour enterrements tapent, à trois, une partie de cartes dont le monument aux morts serait l'enjeu.

Du haut de « La Tour de l'honneur », vestige de la seigneurie, on aperçoit les forêts alentour… Lesparre, « Cœur du Médoc », bat dans l'écrin des branches basses et sur le coussin du *grépin*, le tapis de pinède.

Le premier hiver fut rude. Théo – qui n'en pouvait mais – avait entamé sa seconde au lycée. Son attitude dégingandée, ses baskets dépareillées, ses vêtements déchirés, bariolés, marqués, « Recyclez les riches », ou « Jésus-Christ, je te plumerai » (plus crypté : « René Binamé m'a violé »), ses cheveux en nattes, en épis, semblables à cent petits jets d'eau blonds sortant de nœuds multicolores, érigés en chignon féminin d'où s'échappent des boucles, ses accessoires, enfin, colliers, chaînes, bracelets, provoquèrent un vif intérêt, avant de lasser, puis d'irriter.

Quoiqu'elles fissent preuve, par ailleurs, d'intelligence et de tolérance, même de grandes personnes ne pouvaient s'empêcher, en serrant les dents sur un rictus, de replacer le pan d'étoffe déchirée qui découvrait une jambe déjà poilue. Il cessa de se coiffer d'une casquette le jour où il s'aperçut que des individus avaient craché dedans. Évita les vestiaires, de laisser traîner son sac, de prendre l'autobus.

Un soir que j'allais le cueillir à la sortie – depuis le ciel vert bronze tombaient des *abats d'eau* dont on suivait la progression vague après vague, la lumière était la même qu'à huit heures du matin, le jour ne s'était pas levé –, j'eus la vision suivante : deux cents élèves tassés debout sous le préau, un seul assis à l'écart sous la pluie, les coudes posés sur les cuisses, le menton dans les mains, la chevelure ruisselante.

Parfois, s'il arrivait que je demande, faussement primesautier, l'œil vissé au rétro, enclenchant la première :

– Alors, comment ça s'est passé aujourd'hui ?

Quelques secondes de silence précédaient, à l'arrière, des sanglots fêlés, rauques, où l'exténuation l'emportait sur la rage. Il se reprenait à l'instant, laissant au conducteur – aussi mutique que lui, désormais, tout le temps du trajet –, à la place de l'estomac, un sac rempli de cailloux crissant les uns contre les autres.

Au café d'un village où nous avions pris l'habitude d'aller, D. et moi, le dimanche matin, après le marché, à peine poussions-nous la porte que les conversations se taisaient. L'écho de notre « Bonjour ! » flottait un instant près du poêle, sous le plafond, que quinze hommes et femmes écoutaient s'évanouir sans piper, les mêmes pourtant, semaine après semaine, mois après mois, au point qu'en fermant les yeux, nous pouvions récapituler leurs traits.

Quand la langue double, que nous commencions à comprendre, sortait des gosiers, après des toussotements, des raclements, nous apprenions à notre sujet des occupations scabreuses, une vie tumultueuse. La plupart du temps, il en ressortait que j'étais *mourre* (fada) et D., mon infirmière.

Chapitre 4

Notre maison borde un chemin à l'écart de la circulation, qu'empruntent une dizaine de personnes par jour. La première à avancer ses pieds dans l'herbe du pré, plutôt que de les laisser sur le goudron, fut Pierrot. Il lui restait du produit dans le pulvérisateur, je ne voulais pas en profiter ?

Pierrot est bâti un tiers de plus que nous autres, pauvres humains. Sa chair, ses os, ses membres, ses muscles ont été pétris davantage. On le regarde d'en bas. Parfois, l'envie vient de frapper avec l'index replié son sternum, sa poitrine, pour vérifier qu'il ne rend pas le son de l'airain ou du bronze.

Ce jour-là, il parla de feu son beau-père, qui aurait été, sinon, notre voisin d'en face.

– Quel homme était-ce? demandai-je.

Une longue expiration, jusqu'à l'apnée. Il regardait en direction de la demeure recouverte de poussière, aux volets fermés. Lorsqu'ils revinrent, ses yeux étaient embués.

– Un chic type, dit-il.

Puis, pour lui seul :

– Un brave homme.

Nous nous détournâmes immédiatement l'un de l'autre.

« Dans mon pays, on ne questionne pas un homme ému. » René Char.

Je n'en avais vu, au format de Pierrot, qu'en Lozère, soulevant d'un doigt le portail de la clôture lorsque à deux mains vous n'y parveniez pas. Un autre jour qu'il longeait notre terrain avec son tracteur le plus gros, le plus grand, suivi d'une remorque vide :

– Tu veux que je t'en débarrasse?

Il montrait les fûts de deux *sapines* dont le diamètre avait découragé, depuis la grande tempête de 99, de les débiter, et qui s'allongeaient sur l'airial en offrant asile à la ronce, l'ortie, l'acacia.

Il décrocha une tronçonneuse de son emplacement près du siège, puis, la maniant aussi négligemment que s'il s'était agi d'un jouet, coupa ce qui pouvait l'être, à la manière dont un petit couteau à beurre vient à bout de la motte. Il actionna le croc situé à l'arrière du véhicule, arracha les souches qui persistaient, par de longues carottes, à prendre racine.

La grue les balançait un instant, noires et hirsutes contre le ciel, avant de les déposer avec délicatesse dans l'attelage. Quand je me réveillai, Pierrot avait fini, replaçait la tronçonneuse, remontait dans le tracteur, refusait un café – « Pas le temps ! » – et souriait de ma stupéfaction. L'enlèvement n'avait pris que dix minutes. Il restait l'empreinte d'un pas de géant.

Il travaille, dit-il, pour ne pas tomber. En plus de la sylviculture, qui est son métier, il a créé un joli vignoble entourant une maison de plain-pied. L'exploitation, derrière, montre des allées impeccables où ne dépare pas la luxueuse berline du comptable. «À présent, dit encore Pierrot, je me couche fatigué.»

Il n'y a pas si longtemps que tous les samedis soir, à onze heures, les phares du tracteur balayaient encore la route déserte afin de livrer des milliers de *carassons* (piquets de vigne).

On reconnaît de loin Lucien, l'hiver, au bruit de ses sabots en bois, ses *esclops*. Il faut, pour les remuer, un savoir-faire qu'il continue d'exercer à quatre-vingts ans, les orteils en avant, sous la pointe orgueilleuse, que suive le talon!

Des chaussons de feutre remplacent, à l'intérieur, la paille dont ils étaient fourrés autrefois.

– C'est mieux que les chaussures de sécurité, dit-il. Un coup de tronçonneuse sur le pied, zou! Tu t'en tires avec quelques échardes.

De tels sabots s'usent. Où peut-on s'en procurer? Au marché de Castelnau-de-Médoc.

– Ça fait loin, dis-je.

Aussi en prend-il deux paires à chaque fois.

– J'en aurai toujours une d'avance...

Les yeux brillent de malice derrière les lunettes. Il indique, d'un geste de la main qui survole les pins, les vignes, la direction du bourg. Il raconte l'époque où il s'y rendait à pied, avec les garçons du hameau. Ils traversaient tout droit, le chemin le plus court... Le jeu consistait à courir dans les flaques, au passage des ornières. Les premiers chassaient l'eau sur les bords, les derniers la recueillaient dans leurs sabots, pataugeant jusqu'à l'école.

Deux setters gordon, noirs, feu et impétueux tirent chaque fin de journée, au bout de leur chaîne, Francine en direction de la forêt. D'autres chiens s'agglomèrent, dont le nôtre. Ils forment la meute disparate qu'on a vue dans *La Belle et le Clochard*. Des touristes s'arrêtent pour les photographier.

Francine vend au marché voisin les produits que son mari tire du potager. Melons, artichauts, tomates, haricots ou fèves selon la saison, mais aussi des bouquets de fleurs qui transforment dès le printemps leur terrain en paradis (étymologiquement, « un jardin clos »).

Chaque maison entourée d'un jardin, ce que nous appelons une maison « individuelle », *a fortiori* une ferme, révèle l'état d'esprit de son propriétaire à un point que ce dernier ne peut imaginer. De même que des propos importent moins que la façon de les tenir, la profession témoigne moins des êtres qu'un savoir-faire, une *main* dont la propriété garde la trace.

On peut qualifier telle exploitation d'efficace, vouée à la mécanisation, aires d'accès en ciment, désherbant ; celle-là d'ombrageuse, repliée sur elle-même, en proie à un drame intime ; de puissante cette autre dominant depuis des siècles le paysage et ne doutant pas d'y être encore demain.

De généreux, alors, le domaine de Francine et Robert, de fertile, d'abondant.

Les limites de leur prodigalité rejoignent celles de la nature. Les arbres sautent par-dessus les clôtures. Les animaux de toutes sortes prospèrent.

Certains matins, à cause d'une porte mal fermée, dindons et pintades paradent sur le chemin. Les premiers écarlates, embouchant leur trompette à glouglous, figurent les cavaliers – les secondes, des fantassins au pas gymnastique, des bersagliers.

Leurs oies en appellent de sauvages, qui répondent en vol depuis le ciel lorsqu'elles migrent à l'aplomb du hameau.

J'apprends à parler en rencontrant Francine. Il convient d'être attentif et respectueux. Pour les personnes douées de ces qualités, pas de problème. Choisir le sujet le plus large possible.

– Il fait un temps à ne pas mettre un chat dehors.

Fuir les médisances, la malveillance. Puisqu'elles sont dévolues dans la région à quelques vieilles sorcières, autant en faire l'économie. Éviter de parler de soi. Si une phrase commence par « moi » ou « je », tout le monde s'en fout.

– Est-ce que vous aimez les chats, Francine ? Vous en avez combien ?

Le but du discours consiste à être le plus précis, le plus fin, le mieux imagé. Comme au Scrabble, des mots comptent double, et d'autres triple !

– Des biologistes ont créé un lapin vert fluo. Vous préféreriez votre chat comment ? Bleu ou rose ? Remarquez, avec un déguisement pareil, c'est les souris qui seraient contentes…

Les phrases, de part et d'autre, se tiennent par la main, esquissent un pas de danse à découvert. Pour musique, le vent avant l'orage. Parfois ça débouche sur une java qui flanque le feu aux joues et le sourire aux lèvres.

– Les souris seront orange…

Je dois à Francine – outre le plaisir d'entendre en langue d'oïl les mots étincelants du vocabulaire, « alopécie », « saprophyte », « fragon », etc. – de recueillir en gascon des termes lavés d'impuretés.

Les patois charrient des grossièretés, par priorité. Le sien désigne au compte-gouttes la noisette, le rouge-gorge, le criquet, le pré, le berger, les chevaux, la forge, l'étable et dedans, la petite fille qui trayait le lait blanc de la vache.

J'écris les lignes qui suivent deux ans plus tard : Lucien est mort voilà six mois.

Son cou enflait, il ne se rasait plus sous le menton, cancer. Il se promenait, la nuit, dans les couloirs déserts de la clinique, poussant les portes réservées au service afin de comprendre ce que c'était, la médecine. De jour, en revanche, il n'osait pas poser de questions.

Sans s'en douter, il ressortait de ses récits qu'il n'était peut-être pas super choyé là-bas. Ayant montré, en quelque sorte, ses sabots sous le lit.

Un beau matin de printemps, il m'apprend à faucher, en bordure d'un fossé. La lame doit opérer un quart de tour qu'il n'est pas aisé d'obtenir. Encore faut-il qu'elle soit affilée.

– Fais voir comment tu *aigüises*.

Il me tend la pierre, regarde le travail.

– Oh mon pauvre !

L'exclamation a jailli avec tant de compassion que le maladroit, dont ce n'est pourtant pas le lot d'ordinaire, se sent tout à coup entouré, aidé, accompagné.

Au début, je me demandais ce que les voisins trouvaient au chemin, à s'y promener soir et matin. Que voyaient-ils que je ne voyais pas ?

Je ne sais qui fauche à présent la bordure du fossé, le mystère sera éclairci. Mais tous les jours, pour moi, c'est sous un trottoir d'herbe que repose Lucien.

Chapitre 5

Cet hiver-là, sous le ciel bas de l'installation où nos proches voisins, cependant, ménageaient des trouées, je ne fis pas attention à Pocahontas. Je la regardai sans la voir les premières fois que je me rendis chez l'électricien.

Quand je la remarquai enfin, éclairant mieux que les lampes le vieux comptoir en bois, j'aperçus en même temps la silhouette de son employeur, caché dans son dos par une mince cloison percée en pointillé, afin d'y suspendre des articles. L'atelier devait se trouver de l'autre côté. Le commerçant suivait comme une ombre sa vendeuse. L'éclat de son œil, le trahissant par intermittence, révélait qu'il jouissait de l'effet qu'elle produisait sur le client. Pas question de lui laisser ce plaisir-là. Je contemplais les lampes.

Il n'y a pas de boulot en Médoc. L'emploi brille comme l'or – à preuve, on y mêle *le mail* (le travail) et *la maille* (sa rétribution). Derrière la vitrine des grands crus, des châteaux, le nord de la région, autrefois déshérité, est aujourd'hui sinistré.

L'abandon du trafic sur la Gironde, la fermeture de la raffinerie pétrolière de Pauillac, l'effondrement des cours du vin, il y a quelques années, ont confiné chez eux les ouvriers.

À Saint-Trélody, à Lesparre, quartier de «La Belle Étang» – que de bonnes âmes continuent d'appeler «Chicago» – les chômeurs sortent en rasant les murs jusqu'au bar-tabac où le Loto, le Tac-O-Tac, le Bingo, le Rapido engloutissent les dix euros restants de l'allocation, qu'on parle de supprimer. Au-delà du rideau qui masque en été les intérieurs, la télé fonctionne à mort. On envoie les gamins délurés, mèches collées sur le front, en corvée de pain à crédit. Vers vingt heures, quand les platanes servent de haut-parleurs à des centaines d'oiseaux, exaspérant le désir des adolescents, des CRS, jambes écartées, dissuadent les regroupements aux carrefours avant des rues étroites. La nature n'est pourtant qu'à une encablure, où des grenouilles coassent.

Seule issue, l'artisanat. On voit de ces gaçons muets, à l'âge où ils devraient se révolter, nettoyer le chantier, sourire douloureusement aux histoires sexuelles. Apprendre les rapports de force, à serrer les dents, à étouffer l'envie de vivre autrement.

Les filles ont le choix du supermarché. Leclerc ? Carrefour ? Avec un peu de chance ou d'ancienneté, elles travaillent en rayon plutôt qu'aux caisses. Certaines se marient si tôt qu'en les voyant traverser la rue avec un nouveau-né, on songe à une chanson réaliste, « C'est un enfant qui porte un autre enfant ».

Voilà qui valait de retrouver chez l'électricien une apparition à mi-chemin de

Claudia Cardinale dans *Le Guépard* et de Salma Hayek dans *Frida*. Un camélia rouge manquait à sa peau mate, fiché dans les boucles de ses cheveux noirs.

Elle aurait pu, aussi, doubler Jeanne Moreau dans *Jules et Jim*. Il aurait suffi de la coiffer d'une casquette, de lui dessiner la fine moustache qu'à certaines conditions, la lumière esquissait déjà au-dessus de ses lèvres, couleur et texture de bigarreau mûr.

Les rares fois où nous pouvions échanger un regard, dans le magasin où je n'achetais que des fournitures dérisoires, et parfois rien, j'observais que mon silence l'amusait. Elle souriait en rangeant des factures.

Un matin, je me rendis à la boutique où, ayant préparé des phrases, je m'apprêtais à chuchoter :

– Mademoiselle…

– Oui ?

– Où sortent les Médoquines ? Je veux dire, où aiment-elles qu'on les sorte ? Un déjeuner dans un restaurant que j'ignore ? Du shopping à Bordeaux ?

Une apprentie de quinze ans avait pris sa place.

– Excusez-moi, la jeune femme qui était là…

– Elle est partie, répondit l'arpète, avec une grimace signifiant que la maison n'avait pas été assez bonne pour elle.

– Rappelez-moi son prénom…

L'électricien surgissait de l'arrière-boutique :

– Qu'est-ce que vous lui vouliez ?

– Un renseignement sur le quartier de La Belle Étang, répondis-je en changeant mon fusil d'épaule. Ce n'est pas là qu'elle habite ?

– Mais non, s'exclama l'électricien. Elle est de…

Il donna le nom d'un village avant de retourner derrière le paravent troué peaufiner un montage.

La petite, baissant les paupières, s'installa dans mon silence, trouva elle aussi une occupation du bout des doigts, se mit à fredonner, enfin :

– Je l'ai vue hier, dit-elle. À un banquet.

– Où ça ?
– Elle a beaucoup grossi.

Un mois plus tard, sur la place du village mentionné par l'électricien, le clocher de l'église éclatait jaune sur le bleu du ciel. Bien qu'on fût seulement en mars, le vent tiède affolait la peau, je revis Pocahontas.

Trois roadsters s'étaient arrêtés devant un café, deux motards s'y étaient engouffrés.

Elle avait pris son temps pour descendre d'une Suzuki *Bandit* – une monture noire à selle frangée qui lui fit gagner, lorsqu'elle enleva son casque et que je l'eus reconnue, un nom de princesse indienne, puisque à l'heure où j'écris, j'ignore encore le sien.

– Je possède la même, dis-je en cognant le réservoir de l'index. Mais bleu nuit tunisienne. Avec un carénage de fourche.

– Ah, c'est vous… Je ne vous avais pas *remis*.

Elle souriait en ébouriffant ses cheveux de jais coupés court. Ses dents : des agneaux de Pauillac serrés dans la bergerie. Je remarquai que, sans le comptoir pour nous séparer, ni d'estrade pour la surélever, elle m'arrivait à la poitrine – il était donc normal que tout fût si réduit, si délicat en elle.

Déjà l'un des jeunes gens ressortait en vitesse – après un regard glacé, s'intercalait entre nous.

– Alors? lui dit-il. Qu'est-ce que tu fais? Tu viens?

– Vous me remettrez maintenant? demandai-je.

– Avec un carénage de fourche, hein?

– Bleu nuit tunisienne.

Nous ne nous étions pas lâchés des yeux. Ce fut à ce moment-là que je vis les siens *parpéléguer* (cligner avec précipitation).

Bien sûr, l'été qui suivit, je ne pris pas une seule fois la moto sans espérer la rencontrer.

C'étaient, sur des routes encombrées de vacanciers, des demi-tours brutaux, des franchissements de ligne blanche parce que j'avais cru croiser un modèle à selle vaguement frangée.

L'automne vint par-dessus les lignes droites désertées, sous le ciel à nouveau bas de nuages qui convoyaient la pluie en Saintonge et jusqu'en Périgord.

Je nous imaginais nous reconnaître (appels de phare), nous arrêter sur le bas-côté (warnings). Je lui aurais proposé une course sur la route de Coudessan. Elle aurait pris la tête, mais au passage à niveau qui forme une butte au-dessus du marais, j'aurais vu son derrière callipyge s'élever, hop! en un trot enlevé. Je n'aurais pas tardé à m'avouer vaincu, à l'orée d'un bois où nous aurions abandonné nos bécanes. Nous serions allés à pied découvrir des sentiers à cèpes.

Le 31 décembre au matin, j'achevais la vaisselle, les mains plongées dans l'évier, quand je la vis s'encadrer dans la fenêtre de la cuisine. Elle se dirigeait résolument vers la maison, habillée d'un bleu de chauffe à Zip, les cheveux maintenus par des barrettes. Un homme l'accompagnait.

Quelles étrennes venaient-ils chercher? Mais je me méprenais. Un voisin s'était absenté en me laissant les clés, l'électricien devait passer. Si l'on se penchait, on apercevait la camionnette de ce dernier stationnée dans le chemin. Elle avait donc repris du service aux ampères ?

Je vérifiai ma tenue – irréprochable. J'étais rasé. Ce fut alors que mon regard tomba sur mes pantoufles.

J'en portais depuis quelques jours, non sans scrupules. La pantoufle transforme le statut de père en celui de grand-père. Qui s'habitue à leur confort au point de sortir avec, constatai-je en les enlevant.

Le thermomètre extérieur affichait -4°.

Pocahontas et son collègue fixèrent sans un mot mes pieds blancs et nus dans l'herbe givrée après le seuil.

– Excusez-moi, dis-je en riant nerveusement. Je vais mettre des pantoufles.

Quand je revins, elles déclenchèrent la même curiosité muette.

– Ce sont des charentaises…, commençai-je d'expliquer.

Nous nous mîmes à regarder tous trois nos chaussures. Celles de Pocahontas, du modèle à bout renforcé que Lucien appelait « de sécurité », étaient certainement les plus réduites qu'on pût trouver dans la catégorie. Minuscules, charmantes. Mais nous remarquâmes, l'ouvrier et moi, que leur propriétaire rangeait ses pieds en dedans, pointes se touchant, talons écartés. Ses pieds *rougissaient.*

Lorsque nos yeux remontèrent, nous vîmes les siens chargés d'éclairs.

– Donnez-moi les clés…

Elle n'avait pas souhaité bonjour, ni bonnes fêtes, ni évoqué le voisin. Elle tendait sa petite paume ouverte avec tant de colère et de détermination que son collègue, à qui la situation échappait follement, émit une sorte de gémissement.

La prochaine fois que je la vois, songer à lui demander pourquoi.

Chapitre 6

Mais pour l'heure, revenons au printemps. De nombreux signes attestaient sa présence, jaune du mimosa et des jonquilles, insectes engourdis, couleuvres endormies.

Du diable, cependant, si je m'attendais à celui-là : un matin, des coups de feu éclatèrent dans le jardin. La chaleur monta d'un cran, l'air sentit le poivre. La chasse était pourtant fermée depuis plusieurs semaines.

Il y eut une nouvelle détonation, près de mon oreille cette fois. Quelque chose de dur alla tinter contre une vitre. Les chats filèrent comme des flèches aux quatre coins du pré.

Les cosses de la glycine explosaient, libérant

des fèves qui cognaient à dix mètres, dans les salves, bientôt, d'un tir nourri.

Les petites stations que le vent traversait en villages fantômes, l'hiver, rouvrirent. On repeignait les cafés, les boutiques. Les saisonniers revinrent d'Australie, de Californie où ils avaient été surfer. Les marchés reprirent leur ampleur.

Je souris en retrouvant « la vague » de Soulac, avant d'aller me garer non loin du Mocambo.

Il n'y avait qu'une personne dans la rue, immobile au croisement qui donnait sur l'océan, Ilona, mains croisées sur le ventre. Un torchon flottait au pli de son coude.

Les mèches qui volaient au-dessus de ses tempes, ses yeux plongés dans une rêverie qui pouvait être rien, une sorte de satisfaction repue la tiraient irrésistiblement vers le Nord, lui faisaient survoler la Belgique, atteindre les Pays-Bas pour la déposer à Delft, au XVIIe. Que je longe le trottoir d'en face, passant sous les fenêtres du Jersey, ne la troubla pas, ni n'effaça son sourire énigmatique, ou bête.

Plus que huit ans à attendre.

Au lycée, divers événements avaient tourné en faveur de Théo. La vision que j'avais eue de lui sous un ciel verdâtre fut au mois de mai remplacée par une autre. Un soir, il revint du terrain de sport avec un copain sous chaque bras. On aurait dit des ailes. Ses qualités de gymnaste n'y étaient pour rien. Théo n'en a pas beaucoup.

Il craint les filets, les ballons et les hommes qui composent les équipes. Il naît avec un cri rauque et une figure aussi élémentaire que le nœud d'un vieil arbre. Il refuse de sortir du bain jusqu'à trois ans, encore doit-on le porter sur l'épaule, qui trépigne et s'échappe comme un animal venu d'ailleurs, pour l'enfourner dans un peignoir qu'il piétine aussitôt.

Jusqu'à dix ans, il ignore les chaussures, au point de partir pieds nus à l'école. Les leçons de vélo ont été un cauchemar commun, pour des raisons différentes. Le père impatient s'énerve, le fils humilié enrage. Au moins étions-nous ensemble.

Il vient d'une autre planète. Une vitalité débordante le signale «hyperactif», du type que des parents soignent à l'aide de médicaments, ou qu'un ministre souhaitait ficher à trois ans – l'espèce augurerait de délinquants.

Je lutte sans trêve contre lui. Il faudrait le mater, le contraindre à rentrer dans le moule afin de lui éviter de mauvaises surprises plus tard. Je ne suis pas le seul qu'il exaspère. Certaines personnes, autour de nous, brûlent même de le corriger. Heureusement, des femmes le protègent.

Au sein d'une maison où régnait la libéralité, j'avais pris en charge d'incarner le monde extérieur, sa violence, son exigence. J'appliquais son barème de mérites, le mépris dans lequel il tient ce qu'il nomme paresse (jouir, rire, rêver, s'ennuyer, jouer, contempler). Je me sentais investi d'une mission : informer cet enfant des embûches de la vie, quitte à figurer moi-même l'obstacle. Quelle mission idiote, mon capitaine.

J'avais relevé une formule dans *Dead Man*, un film de Jim Jarmusch : «Ce que l'aigle perd comme temps à apprendre au corbeau.»

Je la resservais dix fois le jour, que Théo se révèle incapable de lire l'heure, ou de nouer ses lacets.

Cela s'est passé entre douze et treize ans, en même temps que naissaient chez lui les facultés d'analyse, les mots pour argumenter. Je me souviens de son calme, de sa voix pondérée, adossé à la commode de sa chambre, tandis qu'il m'explique qu'en effet, il est différent. Nous sommes tous différents, non? En quoi cela me gêne-t-il qu'il n'aime pas le poisson, les tomates? Nous n'avons pas les mêmes goûts musicaux, pourquoi serait-il contraint d'apprécier ma musique? Pour quelle raison objective le décor de sa chambre me dérange-t-il, alors qu'il ne se permet pas de critiquer le mien?

Parce qu'il vit sous mon toit?

Est-ce que je ne l'ai pas invité? Reproche-t-on à un invité de ne pas avoir envie de vélo, de souliers à lacets? Sauf ton respect.

Depuis ce jour, les rôles ont changé. Il est l'aigle et moi le corvidé. Chaque instant passé avec lui est riche d'enseignement.

L'été venu, je le conduis à Montalivet. J'interromps mon travail pour endosser la livrée de chauffeur. Je ne déteste pas que Théo prenne place derrière, plutôt qu'à côté, pour bavarder plus à l'aise avec son amie. Je rêve d'une casquette officielle, semblable à celle que coiffa Roger Nimier, la nuit où il alla en limousine tirer Antoine Blondin d'un commissariat.

J'abandonne mon fils hirsute sur des parkings, devant des offices de tourisme ou la Poste. Je le récupère le lendemain, à midi, au milieu de copains affalés sur des bancs publics. Je tiens, au début, le compte de ses aventures, puisqu'il veut bien se confier à leur retour.

La plus joliment baignée de lune date de cette nuit où il rencontra trois jeunes professeurs en bordée. Il les accompagna jusqu'au petit matin en devisant philosophie. Où dort-il, s'il dort? Des aiguilles mêlées à ses vêtements attestent qu'il s'est roulé sur le *grépin*, le tapis de pinède. Du sable sort de ses chaussures.

Nous raccompagnons parfois la belle. Le salaud me fait attendre au moment de la délivrer. Encadrées par le rétroviseur intérieur, deux silhouettes unissent leurs bouches sur fond de ciel rose pétard. Boulevard du crépuscule, les palmiers s'agitent dans le vent.

Pour peu qu'elle se sente observée, la diablotine en remet une louche.

Orage d'août à l'horizon. En fin d'après-midi, le téléphone sonne. Un ami de Théo, calme mais inquiet, prévient qu'il y a du grabuge. Théo, quinze ans, a bu des bières fortes et divague sur la plage au milieu des estivants.

À notre connaissance, c'est la première fois qu'il boit. D. et moi arrivons sur-le-champ.

Nous le cueillons au moment où il émerge de l'escalier qui dessert la grève. Le jeune homme présente en effet les symptômes d'une cuite carabinée, il zigzague en abordant des passants pour les assurer qu'il les aime.

– Toi aussi, papa, je t'aime, dit-il en m'embrassant.

Déjà sa mère, avec une douceur sans égale, l'entoure de ses bras, l'achemine vers la voiture garée dans une rue en retrait.

Trente à quarante personnes le suivent, des couples, des individus isolés qui forment un demi-cercle, passé un *no man's land* de quelques mètres. Deux jeunes filles le traversent, se détachant du lot :

– Tout va bien, monsieur ? Il n'a rien ?

L'un des spectateurs écume si franchement de ne pas avoir assisté à une correction qu'il franchit lui aussi la distance de sécurité :

– Moi, monsieur, si c'était mon fils…

– Tu veux ma main sur la figure ?

Il recule d'un pas, mais demeure à proximité, malgré la menace d'une gifle, afin de ne pas rater une miette du spectacle.

L'épouse d'un retraité vient à son secours :

– On ne peut pas laisser faire des choses comme ça…

Assurée de son bon droit, la troupe remonte en direction de la rue où Théo et D. se sont réfugiés. Surprise ! Une centaine de personnes venues de tous les horizons attendent déjà au milieu de la chaussée le camion des pompiers. On entend crier que « la police n'a pas pu venir ! », occupée ailleurs. Les téléphones cellulaires ont fonctionné. Enfin de l'animation !

En plus des guirlandes multicolores, les lampadaires s'allument orange au moment précis où le gyrophare survient. Ambiance de kermesse garantie. Nul n'accorde d'attention à D. et Théo, blottis dans l'ombre à l'arrière du véhicule. Celui des secouristes, empêché de passer, se gare brusquement sur le trottoir.

Commence alors un opéra étrange, une cacophonie dans laquelle les sauveteurs évoluent entre des gens incapables de les renseigner, leur accordant à peine l'attention, préférant se retourner en direction des groupes où, à quatre ou cinq, ils vocalisent sur l'air de « Moi, mon fils… » et « Tu verrais ce que j'y mettrais ! ».

Je signai une décharge sur le marchepied du camion. Il me sembla que nous échangeâmes, avec les pompiers, à cette occasion, un regard de compréhension.

Le lendemain, Théo émerge de la maison en se massant le front, clignant des yeux dans le soleil. Je me trouve perché sur le rebord d'une fenêtre, chauffé aux rayons du même.

– Ces gens portent un nom ? demande-t-il, la main en visière.

J'avais prévu la question. Je me suis documenté.

– Des sycophantes.

On trouve la trace des sycophantes dans une très belle chanson de Georges Brassens, *Les Quatre Bacheliers*. Ces quatre adolescents « pour offrir aux filles des fleurs » se font « un peu voleurs ». Des sycophantes les ayant dénoncés, leurs pères vont les récupérer au poste.

« Le quatrième des parents, [...] c'était le plus gros, le plus grand. [...] Quand il vint chercher son voleur, [...] on s'attendait à un malheur.

« Dans le silence on l'entendit, sans vergogne, qui lui disait "bonjour petit". On le vit, [...] on le croirait pas, lui tendre sa blague à tabac. »

Le mot provient du grec *sykophantês* et signifie : dénonciateur de voleurs de figues. Pas n'importe lesquelles : celles provenant des figuiers consacrés aux dieux, sur les collines d'Athènes, ou interdites d'exportation hors d'Attique. On voit par là que s'il y a fruit défendu, c'est la coutume qui monte la garde.

– Merci, dit Théo.

– Je t'en prie, avec plaisir…

– En fait, je pensais à hier soir…

– Ah ? De rien. J'ai encore appris quelque chose grâce à toi.

– Quoi ?

– J'avais craint – pire que tout – ces moments où tu serais rejeté. Les choses ne se passent pas comme on les imagine, finalement.

– Enfin, je te remercie, dit-il.

– Non, c'est moi qui te remercie…

Nous menons ce qu'il appelle « une guerre de civilités ».

Chapitre 7

Quand tu t'éloignes de Paris, tu te doutes que les fils reliés à ton boulot vont se rompre. Pas à ce point. Une carte de vœux à la nouvelle année, et plus celle d'après.

Fini les collaborations, les commandes, les articles et tout cet excitant métier qui te permettait de vivre. C'est entièrement de ta faute. Tu sais qu'on ne travaille pas sans se voir. Il faudrait prendre le train, pousser quelques portes. Le verbe « falloir » bloque.

Et puis, d'où transmettrais-tu des nouvelles ? Du pays des dunes ? Ici le pou de sable.

Cela se passe en général durant les mois en « r », à l'heure où sortent les sangliers, où rentrent les chiens mouillés et glapissant. Les acacias dénudés torsadent leurs cimes dans les bourrasques. Les escadrilles de nuages balancent en passant des paquets de mer. L'eau s'infiltre sous les portes.

À l'intérieur, l'éclat des premières lampes reflétées par les carreaux, celui d'une bougie, rallument d'autres scintillements.

Une brasserie à Saint-Germain, où les nappes blanches vont bon train. Un restaurant bas de plafond sur la Butte-aux-Cailles. Un autre près de la Maison de la radio...

Le rire clair des femmes se faufile entre le brouhaha et les tintements d'assiettes. Par-dessus la table, quelqu'un achève de raconter une anecdote à propos du vieil ambassadeur de Russie et de son épouse loufoque, « le Fossile et la Marteau ».

– Et si nous parlions encore de supplices chinois ? demande un autre.

L'un des jeunes gens enfiévrés se lève brusquement :

– Claudel ! crie-t-il à son voisin. Claudel ! J'échange toute sa poésie contre deux vers de Max Elskamp.

Qu'il cite. À la demande générale, il dit le poème entier.

– *Les Goélands!* réclame-t-on.

Certains s'apprêtent à entonner cette chanson que tous semblent connaître, mais une légende vient d'entrer, qui, sur un signe, se dirige vers leur groupe. C'est un homme comme les autres, dont chaque bouton de chemise, pourtant, chaque mèche, chaque ride acquiert une teinte de miel, patinée par son œuvre. Il gémit sur le sort de son parapluie, oublié dans un taxi.

– Vous avez lu son dernier livre? demande un ingénu.

– Dis plutôt : «son plus récent», sinon tu l'achèves, répond un camarade. Je t'aiderai, j'ai toujours trouvé ce qu'il écrivait rédhibitoire.

– Tu trouves ça mauvais?

– Ça ne me concerne pas, point barre.

– Qu'est-ce qui t'a fait changer d'avis depuis hier?

– Son air satisfait…

La pluie cingle à nouveau le carreau, où se

plaquent, tremblotent et disparaissent les menues feuilles de la glycine. La campagne devenue noire semble se révolter, trop de fouet le jour durant. À l'arrière-plan du vent, un grondement sourd, puissant, inextinguible, signale le *mahoun* (bruit de l'océan.) En halos blancs dans le dernier gris du ciel, ramant sans hâte cap à l'ouest, des goélands.

L'âme et l'oiseau ne font plus qu'un,
Ils cherchent le corps du défunt
Loin du rivage.

Avec le temps, faute d'aliment, s'éteignent une délicatesse, une vivacité d'esprit, la soif de nouveauté, le cynisme talentueux, une brillante mauvaise foi.

Qui l'aurait cru ? Le prix le plus lourd à payer reste le plus impondérable : une exquise légèreté.

⋆

« Il y a quelques mois, je n'avais plus un rond. Je répondis à une offre d'emploi, catégorie vendanges. Je retournai plusieurs fois au château, afin de m'assurer d'y être employé. Le contrat offrait dix jours de travail minimum, 640 euros, une prime de "ténacité", mais pas l'hébergement, ni les repas.

En attendant le jour fatidique où le goûteur, passant dans les allées, picorerait un merlot et le trouverait à point, j'éprouvais du mal à contenir mon impatience, les yeux mi-clos dans le soleil qui cuisait encore. Il y avait trente ans que je n'avais pas ramassé le raisin.

Je me rappelais que c'était physiquement éprouvant, un coupeur sur quatre n'achevait pas la période (d'où la prime). En étais-je encore capable ? Je me souvenais de ce que nous formions, mes camarades et moi, la lie de la terre. Des marginaux, des pauvres, des recalés, des allumés. Ma place était-elle restée chaude ?

Cinquante personnes battaient la semelle et soufflaient dans leurs doigts, ce matin-là, sous l'imposante futaie du parc du château. Après l'inscription, je collai au train du "Beau Serge".

Les Serge sont d'apparence flegmatique, celui-là devait son surnom à deux fentes bleu vert dans un visage raviné, détentrices d'un secret autrefois dérobé aux femmes. Son aisance à parler avec les ouvriers permanents du domaine le désignait pour Médoquin.

Quand nous fûmes à pied d'œuvre, les rangées montaient à l'assaut de la *croupe* (colline), des clochers de Gironde et d'un ciel bleu Ruysdael. J'étais "porteur". J'acheminais, la hotte sur le dos, le contenu de quatre paniers de coupeurs jusqu'à un tapis mécanique, juché au-dessus d'un char, où des mains gantées de caoutchouc triaient le raisin, éliminaient les feuilles, "la diligence".

Ce premier jour – pour prouver que nous n'étions pas les vauriens attendus ? Ou bien victimes, entre glaneurs, de l'euphorie que procure l'abondance ? –, nous nous livrâmes à une compétition au rendement. De jeunes porteurs couraient torse nu dans leurs règes, la charge sur le dos, comme des Tarahumara. Si l'on attendait son tour au bas de l'échelle, en levant les yeux, le sourire de Claude, là-haut, qui se débarrassait de son fardeau, illustrait soudain une affiche de propagande soviétique. Les mains gantées de caoutchouc, jeunes et vieilles, nous suppliaient de freiner. Les coupeurs, ménageant leur souffle, ne parlaient plus mais grondaient.

La plupart d'entre eux étaient ici pour gagner de quoi offrir des cadeaux à Noël, quelques-un(e)s parce qu'il n'y avait plus rien à manger. Ajoutons deux ou trois couples d'étudiants intimidés. Des Gitans, des Marocains au rendez-vous de l'horloge annuelle où des tomates, des cerises, des pêches figurent d'autres heures.

Je revins au soir, les épaules, les reins et les cuisses comme battus par quinze coups du knout que décrit Dostoïevski dans *Souvenirs de la maison des morts*. Impossible de dormir.

Le lendemain, un mot d'ordre passa, chuchoté entre ceps et *carassons* : “On ralentit.” D'un ciel gris, troué de façon sauvage, tombaient des voiles de pluie qu'absorbait une heure après un soleil assoiffé. Nous nous retrouvâmes bientôt désœuvrés, la hotte à terre et fumant, à jeter des regards inquiets en direction de la diligence. Sur sa passerelle, le propriétaire enchaînait les coups de téléphone sans se préoccuper de notre sort. À ses pieds, le contremaître jaillissait parfois, n'y tenant plus, pour nous replacer dans la vigne.

Le message était clair : nous avions trop travaillé la veille. Le contrat, qui assurait une durée, une somme minimales, n'avait pas prévu notre bonne volonté. Quelle attitude adopter ? Je résolus de la calquer comme d'habitude sur celle de Serge, qui coupait à son rythme et le monde pouvait bien s'écrouler.

Il fumait, croyais-je, des Winston. Je lui en demandai une, qu'il me tendit, gêné. Sous l'étiquette de la marque, le paquet cachait des confectionnées à la machine et à l'aube, les filtres industriels étaient marqués "Sphinx". Les cigarettes du sphinx.

À l'autre extrémité de mon domaine de quatre règes, Éva. Quel tempérament ! Pas une chatterie ne franchissait son barrage, un seul mot échangé avec elle prétextait de transformer "la belle Philippine", à deux rangées de là, en “pouffiasse qui suce les bites”.

Philippine était le pôle d’attraction du carré de coupeurs, descendante d’Espagnoles, habillée pour offrir le bouquet au gagnant de la course cycliste, une peau abricot. Les paniers qu’elle me tendait semblaient toujours plus jolis, mieux faits, mieux ornés que les autres.

Chaque homme entrant dans la vigne filait droit sur elle qui, à moins de paraître impolie, n’achevait pas sa rège, le soin en restant à Éva furieuse, à Serge olympien, à Mikaël enfin. Mikaël était hydrocéphale, le crâne rasé fendu d’une cicatrice et recouvert d’un bob. Il parlait des kilos de cèpes qu’il ramassait en cette saison dans les bois avoisinants. Environ vingt fois par jour. Nous ne l’interrompions pas.

Le matin, vers neuf heures et demie, la rosée n’est pas déjà sèche, il manque ce café que la maison n’offre pas. Ignacio, depuis le tapis, envoie dans le frais une aria portugaise, bientôt reprise, sifflée en trilles, par l’ouvrier qui fourche dans la remorque, Mikaël égrène de longues chansons à texte qu'il connaît par cœur, Philippine fredonne à part elle des airs mélancoliques. À la pause de midi, Annabelle, une Gitane, est venue me trouver :

– Tu sais pourquoi on dit "les vendanges de l'amour" ?

– Non.

– Parce que les gens copulent dans les allées.

– Tous ensemble ? éludé-je.

L'après-midi, Annabelle, encore elle, fait signer, à l'aide de feutres, une pensée à chacun sur le jean que tend son postérieur. Soudain, avant que quelqu'un ait pu l'en empêcher, elle se dirige vers Mouchta et les Marocains. Les Marocains ! Mouchta pose un genou à terre, en souriant se saisit de l'ourlet et écrit en petit, au-dessus du godillot, "Souvenir de Mouchta".

Le samedi soir arrive, suivi du dimanche qui coupera la vendange en deux. Où vont les filles ? Renseignements pris, au casino de Soulac. Elles claqueront vingt euros (petite soirée), en gagneront quarante (la fête). Éva, elle, se rendra au loto de Saint-

Trélody, ça apprend à compter à ses deux *drolles* (jeunes garçons) qui rampent sous les tables en criant “Quine! Quine!”

Parfois, des pauses montrent, en bout de rège, un groupe de vendangeurs alanguis, un coude sur l’herbe, à l’ombre des hottes. Sur la route qui traverse le paysage, devant, certains véhicules ralentissent, klaxonnent. Des conducteurs font des signes, auxquels nous répondons par des mouvements de bras. L’an prochain, avec de la chance, c’est nous qui aurons, de l’autre côté du pare-brise, un sourire réjoui.

Déjà, les ordres éclatent, on se relève en s’étirant. À l’exception de ces entractes, pas question de ralentir la cadence. Nous avons littéralement notre rang à tenir. Serge, Éva, Mikaël et même Philippine jouent leur honneur sur la ligne où ils se font fort d’arriver premiers, négligeant avec superbe la consigne.

La crainte, pourtant, d’écourter notre travail et de diminuer notre salaire nous tenaille le ventre. Le contrat donnerait lieu à des discussions avec la direction, ce qui, d'expérience, ne tourne pas souvent à notre avantage.

Notre efficacité ne crée pas la moindre mansuétude. Le patron et, s'il n'est pas là, le contremaître continuent d'aboyer, nous traitent de fainéants. Un après-midi de pluie, avisant un porteur dont la hotte n'était pas remplie à son goût, le propriétaire y fit transvaser les paniers de tous les coupeurs disponibles, lesquels s'empressèrent, avec une joie maligne, d'en rajouter.

Le pauvre bougre s'ébranlait dans l'allée boueuse, se retenant de *carasson* en *carasson*, quand le propriétaire l'arrêta, sa charge sur le dos, le temps d'ajouter à son sommet une grappe de raisin décorative. Lorsqu'il fut seul, j'allai trouver le propriétaire. “Quelle humiliation ! lui dis-je. Je suis heureux de ne pas en avoir infligé de pareille dans ma vie. Je ne voudrais pas être à votre place.” Il me fit répéter et s'excusa immédiatement. C'était moi, le porteur.

Sixième jour. Septième. Le huitième, au matin, des bruits couraient, la vendange serait achevée ce soir, il y eut un éclat de trompe, près de la diligence. On y distribuait – enfin – des chocolatines, du café. Mais à peine eûmes-nous une minute pour nous y brûler, les ordres volaient à nouveau, plus rauques, plus enragés, disloquant les équipes, affolant la manœuvre.

Une secrétaire parut, debout sur le capot d'une voiture, "Ceux qui veulent un chèque sans nom. Un chèque au nom. Ceux qui veulent un acompte, un virement..." La rumeur montait de coupeur en coupeur, dans un bruissement de feuillage, "le repas au château..." Les mieux informés tenaient qu'il aurait lieu sous les arbres du parc.

On vit surgir la tête de Claude, hilare, il venait d'apprendre qu'il y aurait, d'abord, un apéro. En passant sous la diligence, afin de restituer les hottes, les sécateurs, les ouvriers permanents du domaine nous criaient, "Ça va être la fête, hein ?", "Bonne fête !"

J'en frissonne rétrospectivement. Ce furent des claquements de portières, aux quatre coins de la vigne, chacun rentrait chez soi, d'ultimes mains se serraient, "On se revoit à la paye ?" Au bout de dix minutes, la croupe fut aussi déserte que s'il n'y était venu personne.

Nous touchâmes 640 euros, et la prime de ténacité.

J'ai rencontré Claude, en ville, qui m'a présenté Enzo, son fils de deux ans. Annabelle, devant moi au Crédit agricole, a embrouillé et escroqué le banquier d'extraordinaire façon – clin d'œil au passage, en remontant la file. Mouchta, lorsque nous nous croisons, prodigue des conseils coraniques. J'ai aperçu Éva au rayon charcuterie du supermarché, qui portait des savates, une robe de chambre, les cheveux mouillés et décolorés en attente de teinture. Serge, retrouvé hier matin à la Maison de la presse, me dissuade d'intituler ce texte au nom du château, comme je l'avais initialement prévu, afin de léguer à son propriétaire, pendant trente ans, chaque fois qu'il consulte Internet, le sparadrap du capitaine Haddock. »

En réalité, le midi de la paye, seul dans le bureau avec la secrétaire, je lui avais appris que j'étais écrivain, que ces vendanges formeraient la matière d'un article à paraître dans une revue. Pouvait-elle transmettre à son employeur le message suivant ?

– Deux cartons de Grande Sélection, cuvée 2003, assureront l'anonymat et laveront l'affront.

– Quel affront ?

– Il sait.

L'après-midi, je ne tiens pas en place. Voici enfin que je rejoins l'Arétin (1492-1556), dont les princes italiens craignaient tant la plume qu'ils le payaient pour ne pas écrire.

J'imagine la lettre que j'enverrai à réception des deux colis :

« Monsieur, *Monsignore*,

Merci. De toute façon, je n'aurais pas écrit votre nom. C'était du bluff. La littérature méprise les délateurs. Elle les admet aussi, notez bien. La littérature est généreuse pourvu qu'il y ait du talent.

Je tenais à ce que vous passiez, vous aussi, sous les fourches caudines. Votre geste vaincu nous vaut un point partout. Le score autorise dorénavant, si nous nous croisons, à nous saluer. »

Le soir, difficile de trouver le sommeil. Je me sens l'égal de Léo Malet, qui abreuvait son héros, Nestor Burma, de Martini, en échange de caisses que lui envoyait la marque.

La nuit, je rêve que le propriétaire me convoque en audience :

– Qu'est-ce que c'est que cette histoire ?

Avant d'être écarté d'un coup d'épaule par sa mère.

– Allons, place ! dit-elle. Je vais m'en occuper. Les jeunes comme toi ne connaissent rien à la postérité...

J'obtiens le lendemain la secrétaire au téléphone :

– Alors, qu'est-ce qu'il a répondu ?

– Il est étonné, dit-elle. Vous n'étiez rien convenus.

Derrière elle, un froufroutement.

– Rappelez-moi le nom du magazine, demande-t-elle.

Je le lui donne.

– Connais pas…

– Une revue de littérature.

« Pff ! », entend-on. L'expression de dédain ne vient pas d'elle.

C'est seulement à ce moment-là, sans que cela ait un rapport, sinon une salutaire mise à distance, que je comprends que je suis en train de me livrer à un misérable chantage.

« Laissez tomber…, bredouillé-je. N'en parlons plus… Au revoir… »

Et peut-être même merci.

Je songe néanmoins à expédier, dès qu'il sera publié, un numéro au châtelain, afin qu'il sache que la littérature existe, aussi tangible que son vin, crâne étroit, cerveau crotté !

Pour avoir raconté l'histoire à Philippe S., l'animateur de la revue, ce dernier m'envoie un exemplaire supplémentaire orné d'un mot : « Que la littérature pénètre par effraction chez les propriétaires ! »

Las ! Lorsque le texte paraît, je m'aperçois que je n'ai pas changé le prénom de celle que j'ai appelée depuis Éva, dans la version qui précède.

Je l'avais à nouveau croisée, peu de temps après, rue Jean-Jacques-Rousseau. Elle avait arrêté un vieux biclou rouillé en freinant des pieds. Elle portait une jupe à mi-cuisses, un T-shirt échancré jusqu'à la naissance des seins. Dans la vigne, Éva était vêtue de ses futurs chiffons. Impossible de deviner que ses jambes étaient roses, pleines et émouvantes. Le lacet défait d'une de ses tennis la tirait vers l'enfance.

– Je vais vamper un boutiquier, dit-elle en clignant d'un œil maquillé. J'ai besoin d'embaucher. Les *drolles* vont cul nu.

À la pensée de ce qu'elle s'apprêtait à échanger contre un emploi, on a beau se huiler, j'eus un grincement de cœur. Il dut s'entendre, elle se hâta de continuer :

– Tu reviendras l'an prochain? Je crois que j'irai aussi.

Je voyais les choses d'ici, dans un monde où l'humiliation engendre le goût d'humilier. Le châtelain fourrait sous le nez d'Éva son exemplaire du *Matricule des anges*. Elle y lisait qu'elle traitait Philippine de pouffiasse et traînait en chaussons au supermarché.

– Alors, ton copain Éric, tu le trouves encore sympathique ?

« Que la littérature pénètre par effraction chez les propriétaires ! » Je lui enverrai ce livre lorsqu'il sortira.

Chapitre 8

Le livre n'est pas non plus l'atout de la Médoquine. J'en rencontre peu qui lisent. Si j'imagine une liaison, je suis dévoré de curiosité. Qu'est-ce qui remplace la complicité de deux lecteurs ? Et de quoi parle-t-on lorsqu'on ne tisonne pas ses goûts en la matière, qui ouvrent à tellement d'autres ?

À qui demander : « Au fait, Médoquine ou Médocaine ? »

À un spécialiste des langues romanes. Médoquin précède Médocain, les anciens disent en posant l'accent :

– On n'est pas des Améri*caïns*.

– Mais enfin, répond le linguiste en clignant de l'œil, *on écrit comme on veut*.

Sage conseil. Les lettrés, qui ne vont tout de même pas saboter eux-mêmes le travail de remonter aux origines, utilisent le premier mot, qui compte d'autres acceptions. Ainsi peut-on lire dans *Fascinant Médoc, histoire d'un pays* par Marie-José Thiney :

« Lorsqu'un nouveau venu dans la région contractait une mauvaise fièvre, on disait qu'*il payait la médoquine.* »

Une sorte de fébrilité qui surprendrait l'arrivant ? Une excitation soudaine ? J'ai appris, sous son empire, à interpréter la paume des mains.

Montre la gauche… Le pouce, qui forme avec l'index un angle droit, figure la côte nord-est de l'Espagne, Bilbao vers le creux. Une ride trace l'Adour. Puis je remonte la Côte d'Argent, longeant l'espace béant entre les deux doigts, le golfe de Gascogne. La Garonne suit le cours de ta ligne de cœur, qui débute sous l'index.

Si je souffle sur l'extrémité de ce dernier, une tempête sévit au Verdon, à Soulac. Le reste de la paume se nomme les Landes.

Depuis que j'ai lu cette analogie dans l'œuvre de Bernard Manciet, j'ai l'impression d'emmener n'importe où le mercure des flaques entre les roseaux, le « soleil de Sabres le plus rouge », les silhouettes des pins, l'« ourlet d'aube sans fin » ; d'emporter, cartographié à même la peau, le pays du poète.

J'avais entendu parler de lui dans les coulisses d'un journal, à Paris. On racontait qu'au milieu de la forêt sans fin de la Haute-Lande, vivait un aède anachronique, un géant doux et colérique qui charriait en milliers de vers l'âme de sa région. Il écrivait en gascon « noir » – une variante de l'occitan –, ce qui lui valait l'attention des lexicographes. Ses textes, disait-on, étaient étudiés jusqu'à Tachkent. On murmurait qu'il était « nobélisable ».

Puis j'avais eu la chance de rencontrer un de ses amis, Sèrgi Javaloyès, qui m'avait offert *L'Enterrament a Sabres*, livre énorme, livre-torrent, jaillissement splendide qui renouait le lien entre les hommes, le chant, la mort, la pluie, les bêtes.

comme un grand bol de vin épicé
un bol plein d'août un grenier comblé
une fumière qui fume à l'entrée du champ
ton sommeil est plein de mon songe
bouche de nuit par toutes ses langues
bouche sous terre constellée de semences
envers de grappe sous terre
soleil creux perles noires flambées
moi je travaille dans le feu.

J'avais lu d'autres volumes, parmi la quarantaine qu'il avait écrits : *Lo Gojat de noveme* (Le Jeune Homme de novembre), *Elena*… Je connaissais déjà, « là-haut », sans les avoir éprouvées *de visu*, les sensations que procurent la terre noire sous les fougères, « les jonchées de feuilles pourries sur les lagunes », une certaine qualité de brume.

À peine arrivé « là-bas », j'avais nourri le projet, avec Sèrgi, de lui rendre visite. Nous ajournâmes plusieurs fois.

Le samedi 28 mai 2005, Bernard Manciet fut admis à l'hôpital de Mont-de-Marsan, fracture du col du fémur. Il y décéda dans la nuit du jeudi au vendredi 3 juin, défaillance du cœur. Il travaillait alors à une réédition du *Triangle des Landes*. Mais n'est-ce pas *Palombes*, rédigé directement en français, son dernier ouvrage ? Il faudra que je demande à Sèrgi.

Nous aimons constater que la vie des poètes est écrite par le rêve qui dicte leurs mots. En ce cas, finir sur *Palombes*, un envol, le reflet bleu longtemps guetté dans la pinède… Finir, même, sur l'ultime phrase du livre :

« Car la migration des âmes doit recommencer inlassablement, avec l'automne de désir et d'attente, notre chasse inlassablement amoureuse, siècle après siècle, sous les branches, en sabots ou en Adidas. »

Le 6 juin au matin, j'ôtai la rosée de la selle et du réservoir, sur lequel je disposai une carte routière. L'enterrement aurait lieu à Trensacq plutôt qu'à Sabres, son village natal, distant de huit kilomètres. Depuis le Médoc, à la pointe supérieure du *Triangle…*, les Landes s'étendaient en vert quadrillé de routes droites, les taches blanches signalaient des zones militaires.

J'avais espéré, outre rencontrer Manciet, entendre quelque chose qui n'est pas dans les livres, l'âme d'un pays chevillée à un corps et qui, lorsqu'elle s'exprime, même à propos de broutilles, repousse les limites de ce que vous aviez cru comprendre, que vous imaginiez savoir à propos de la région, de ses habitants – presque rien, en fait. C'était une quête voisine de celle de la Médoquine, dont j'attendais, à son insu, qu'elle me désoriente, avant de me montrer le nord, le sud, son ciel, ses étoiles, ses repères.

Encore raté. Au moins voulais-je éprouver de façon tactile la pointe refluant à l'intérieur des terres, le bout de l'index contre la paume. Lui rendre un dernier hommage serait riche de vent forcé par l'allure, d'odeurs, d'ombre mouillée sous les arbres, de soleil chauffant le casque. Des petits cumulus s'étageaient dans le ciel avec la régularité de ceux de Magritte – qui dessina durant un an, pour assurer sa subsistance, des papiers peints.

Dès Saumos, ce pertuis qui permet de glisser, entre Bordeaux et Arcachon, au milieu d'un fleuve d'arbres qui bientôt deviendra lac, la circulation se raréfia. On guettait une voiture au bout de l'horizon. Souvent il n'y en avait pas. Dans ces cas-là, le motard se cale confortablement et rêve qu'il traverse une partie sauvage de l'Arizona.

Je me souvenais de Sabres comme d'un *pueblo* désert. J'y avais séjourné, dix ans auparavant : trois commerces, dont une station-service, un airial planté de quelques tamaris sous lesquels jouaient des chiens jaunes... Les maisons alentour étaient flanquées de potagers dont s'occupaient des ancêtres coiffés de chapeaux à larges bords.

Au moins y avait-il quelque chose plutôt que rien. En arrivant à Trensacq, après avoir tourné autour de la petite église où aurait lieu, dans quelques heures, la cérémonie, je cherchai en vain un café, une boutique, un passant. Au-dessus de bâtisses clairsemées s'élevait la haute obscurité de la forêt. Le ciel lui-même paraissait juché sur des échasses. À la pensée que Manciet avait tout puisé de ce rien-là, survenait un vertige.

Je n'avais connu Sabres qu'à la fin de l'hiver. Les prémices de l'été y réveillaient des auberges. Je me garai devant la terrasse de l'une d'elles, au gravier crissant sous la table de métal blanc. Non loin, une femme, deux hommes m'observaient de la façon dont je devais les regarder.

Ils m'invitèrent bientôt à transporter chez eux ma chaise, mon verre de rosé. C'étaient des intimes de Bernard, ainsi qu'ils l'appelaient. Mais à peine fut-il évoqué que sa silhouette s'éloigna, disparut. Une pudeur, la souffrance encore vive de sa disparition les retenaient d'en parler. Dès lors, comment le remplacer ?

Jacques, l'un des convives, nous tira du silence dans lequel nous étions installés. Sa casquette de marin, telle qu'en portent les retraités bretons, reposait à côté de son assiette, donnant l'impression qu'elle serait prochainement, elle aussi, découpée et mangée.

Jacques avait été pilote de Gironde. Il raconta les sautes d'humeur de l'estuaire, la barre difficile à franchir sous le phare de Cordouan. Le métier se raréfiait, les effectifs avaient été divisés par trois en l'espace de vingt ans. Connaîtraient-ils le sort des gardiens de phare ? Enfin, cela ne le concernait plus, depuis qu'il était à la retraite et réalisait ses grandes espérances : marcher dans les dunes en compagnie de son chien. Étonnant, disait-il, ce que la vie a pu fournir d'obstacles à ce rêve pourtant simple : me balader avec mon chien.

– Moi, intervint la femme, lorsque je suis dans les dunes, je compose des poèmes. Ils me remplissent de joie, leurs mots sonnent juste. J'en apprends quelquefois par cœur. Je les copie au propre sitôt rentrée à la maison. Quand je les relis, je les trouve mauvais, on dirait que j'étais ivre, parole ! De toute façon, je place la poésie trop haut, je me juge indigne d'en écrire…

Un sourire leur revenait, d'avoir trouvé moyen d'effleurer le poète, de le dessiner en creux, de le réintroduire en fraude.

Le troisième hôte, qui était plus taiseux, consulta sa montre et sursauta :

– L'enterrament !

Comme dans le titre. Voix encombrée de rocaille sur lit de confit d'oie, roulements de tambour au passage des « r », *l'èn'terramèn't*.

Des voitures cernaient maintenant l'église de Trensacq. Le temps changeait, un orage arrivait par l'ouest. Je vis de loin Sèrgi, entouré d'occitanistes. Son clin d'œil me tint chaud, pendant la messe que célébrèrent quatre curés et un prêtre, sous une voûte naïve en étoiles et en bleu de Marie. Il y eut un air de flûte, une sarabande de Bach.

Puis nous suivîmes aux quatre arpents le corbillard d'un autre temps, un chariot festonné à son sommet, aux lourds rideaux ornés de glands. Mon voisin, un agriculteur, se rappelait sa mère, l'une des premières victimes du grand incendie de 1949. Il survola d'un geste l'horizon, à présent encombré de nuages, et le dépeignit embrasé par les flammes, le hantant, lui aussi, de bûcherons, de servantes et de propriétaires. Les flammes léchaient la mairie. Le feu gagnait, disait-il, à la vitesse d'une traction avant.

Sa voix se fit soudain murmure, ainsi que d'autres alentour. Nous passions devant la maison de Manciet, de sa famille, une haute demeure qu'on apercevait par pans entre les troncs de chênes.

Quelques gouttes commencèrent à tomber à la fin de la cérémonie, achevant de déliter le cortège. Les uns partirent en direction de la haute maison, les autres hâtaient le pas pour rejoindre leurs véhicules. J'attendais à la porte du cimetière j'ignorais quoi, mais qui manquait.

Une dame âgée sortit en retardataire, soutenue par sa fille. Le chagrin lui écarquillait les yeux à la manière de certains comédiens dans les films de Kurosawa, dont on ne sait s'ils rient ou s'ils pleurent. Elle avait été la secrétaire de Bernard Manciet du temps qu'il dirigeait une scierie. Sa générosité... répétait-elle, éperdue, et ses sourcils s'élevaient encore d'un cran, mimant l'étonnement.

Enfin apparut le dernier à quitter l'endroit, un jeune homme d'environ vingt ans, beau et désespéré, le cou dans les épaules, les poings saillants au fond des poches, le bord des yeux rougi, les cheveux emmêlés. Il répondit à ma question en baissant la tête, en fixant avec gêne ses chaussures. La pluie fine qui tombait à présent ne le dérangeait pas. Oui, il écrivait des poèmes, deux d'entre eux avaient été publiés par Manciet dans sa revue *Òc*. Il n'avait pas grand-chose à ajouter.

– Était-il une sorte de père spirituel pour vous ? hasardai-je.

Son attitude se transforma. Les jointures de ses poings s'imprimèrent davantage dans ses poches, le rouge qui montait aux pommettes n'était plus de timidité. Je n'attendis pas qu'il me demande de foutre le camp, de le laisser tranquille. Je partis en masquant l'allégresse d'avoir trouvé, au pied de l'arbre couché, le nouveau qui poussait.

Chapitre 9

Il pleuvait dru le matin où je rencontrai Geneviève. Au mois de février qui, dit-on ici, « tue la vieille et le berger », l'averse tombait avec une telle violence qu'elle l'empêchait de rejoindre son mari, dont le tout-terrain n'était pourtant garé que de l'autre côté de la rue.

Elle avait trouvé refuge sous l'auvent du café de l'Armistice (il sera plus tard question de cet endroit et de son étonnante gérante, Tilde). Attirée par les lumières, Geneviève avait fini par gagner le zinc où, à quelques-uns, nous restions accrochés comme bois flottés après le passage de la marée. Elle avait commandé un *cappuccino* en ôtant son imper.

Habitués aux miracles, nous levâmes à peine un cil. Elle portait en dessous un gilet d'habit de lumière, un *chaleco* céleste et or, ayant appartenu à quel matador? Car les yeux bleu Arctique de Geneviève, sa peau caramel, sa cambrure et son air altier laissaient supposer un aréopage d'admirateurs tous d'accord sur un point : elle avait du chien.

Scintillant lui aussi, son jean d'adolescente (Geneviève a deux fois cet âge). Il était piqué de verroteries qui traçaient sur ses fesses les lettres de *Peace and Love*, au risque de les relire plus tard tatouées dans une psyché.

Que Tilde ne lui prêtât qu'une oreille distraite, que le mari patientât dans la voiture, que l'auditoire fût mou, sinon spongieux, n'empêchèrent pas, ce matin-là, son ardeur bavarde et m'as-tu-vu. Elle revenait, disait-elle, d'un concert à Londres, auquel elle avait assisté dans le carré VIP. On l'avait ramenée en hélicoptère.

Avisant un quotidien qui gisait sur le comptoir et affichait en une un procès fameux :

– Dans cette triste histoire, demanda-t-elle,

est-ce que la justice n'a pas été sommée d'arbitrer l'inélégance des deux parties ?

Cependant il y eut un couac, un film qu'elle prétendit avoir vu. Je la repris, elle bredouilla, nous nous revîmes.

★

On l'appelle « la Princesse » dans ce pays prodigue en blazes, en surnoms. Et sans doute lui devrions-nous obligeance si sa famille avait continué de régner sur la Navarre, la France, l'Espagne, Naples et le duché de Parme depuis le XIe siècle.

Comment s'adresser à elle ?

– S.A.R., si tu m'écris. « Son Altesse Royale. » Mais pour toi comme pour les autres, c'est Geneviève.

Dont acte.

Elle porte ce jour-là un pantalon blanc sur lequel la lumière ricoche. Lorsqu'on saura plus tard dans quelles conditions vit la Princesse toujours vêtue de frais, on concevra à son égard un supplément d'admiration.

Un T-shirt, également éclatant, ne se

contente pas de mettre en valeur ses (beaux) seins, mais arbore, imprimée dessus, une pin-up montrant les siens. Lunettes de soleil, panier alourdi des légumes du marché... Nous sommes cette fois assis en terrasse à Montalivet, quatre cents habitants l'hiver, quarante mille en été.

– Peux-tu me prêter dix euros ? demande-t-elle.

Si je ne m'exécute pas, elle ira, je le sais, les emprunter au pizzaiolo, au boucher. Dix euros forment pour elle une somme qu'on n'est pas tenu de rembourser. Le créancier serait grippe-sou de la réclamer.

Elle s'empare du billet avec gourmandise, cherche autour de nous comment le claquer. Mais les courses sont faites et les consommations payées.

– Il y a beaucoup de monde, dit-elle. Je t'invite à la maison ?

Il faut pour cela reprendre la rue de l'Océan, populeuse donc, en cette saison, déboucher sur la plage immense, le ciel, gagner les vagues comme si nous allions nous enfoncer dans leur royaume, *in extremis* tourner à gauche, longer le rivage un quart d'heure environ.

Les baigneurs, depuis le bord, apparaissent groupés en sociétés successives. Les vieillards, les jeunes, les gros dans leur riante contrée affranchie du sarcasme, les sportifs qui ont besoin d'espace. Puis viennent les Médoquins, regroupés en tribus prudentes. Des couples illégitimes. Des pèlerins errants. Les châteaux de sable deviennent fantomatiques, surmontés d'un drapeau en algue.

Frémissons car voici, planté au sommet de la dune, le panonceau triangulaire annonçant que la plage cesse d'être surveillée. Nous quittons le monde des « textiles » pour aborder celui où l'on se promène nu.

Le cœur rate un battement sur trois de constater que Geneviève s'engage, résolue, vers le portail du Centre Hélio Marin, un camp naturiste. Doit-on ôter, en guise de civilité, ses vêtements à l'entrée ? (Flotte un instant le rêve buñuelien de Geneviève obligée d'en faire autant, nos paires de fesses saluant les vigiles – habillés – à l'entrée.)

Mais non. Passé l'enclos devant lequel,

raconte-t-elle, des familles s'installaient autrefois pour observer les mammifères bipèdes, le chemin se divise et serpente entre des constructions légères, dissimulées entre les pins. Quelques-unes seulement possèdent l'eau et l'électricité. Pour le reste, on s'éclaire au «bleuet», on se douche en commun.

– Un moment privilégié de la journée, précise Geneviève. «Le tam-tam.»

Nous échangeons des nouvelles.

Georges, son époux, ressemble de façon étonnante à Jacques Chirac, au point de passer pour le frère caché de ce dernier. Ce n'est pas sans troubler le visiteur que le sosie de l'ex-président de la République, à notre approche, abandonne sa grille de mots fléchés et s'extirpe du pliant où il se la coulait douce.

Je puis assurer que, serait-il en maillot de bain, l'ancien chef de l'État demeure impressionnant. Jusqu'à sa voix aux inflexions particulières, car il commente à présent, dans notre dos, la promenade du jardin que Geneviève a planté autour de leur bungalow. Buddleia, clématite, hibiscus… Cent espèces peut-être, dont un ou deux représentants, à chaque fois, semblent attendre l'arche de Noé. Des égards entourent la présentation du dernier-né, pour l'heure chétif, mais prometteur de poésie : «l'arbre bleu du Brésil».

★

Geneviève, après avoir été journaliste, chorégraphe, agent au service de l'OTAN, éleveuse de pur-sang arabes, préside aujourd'hui aux destinées du réseau international Esperanza. Fort de plusieurs millions d'adhérents, explique-t-elle, il prône une redistribution radicale des richesses. Chacune, chacun, toucherait un SMIC à vie, qu'il travaille ou non, et pourrait le retirer au premier bureau de poste venu, sur présentation de son numéro de Sécurité sociale.

«Avantages : Les travailleurs ne considéreront plus qu'ils sont lésés par rapport aux non-travailleurs. La société ne réfléchira plus en termes de productivité mais en termes d'humanité. Les étudiants pourront travailler en toute sérénité. Les parents élever leurs enfants en toute quiétude. Le rejet des personnes dites en marge de la société n'existera plus.

Les opposants pourraient prétendre que ce projet est utopique, mais où est l'utopie ? Nous payons déjà des personnes à ne rien faire. Nous dépensons des milliards pour cela. »

Extrait de *Projet : Internationale Sécurité sociale*. Auteurs : B&E Invest (Geneviève), European Union, International Government.

Serait-elle sous curatelle ?

Cet été-là, nous nous retrouvons souvent au gré de rendez-vous dictés par la hauteur du soleil, l'ampleur des vagues, la quantité d'or répandue sur l'océan. Dans un quartier où l'on n'est pas nu, aussi Geneviève, pour montrer sa réprobation par excès inverse, n'enlève-t-elle que ses bottes, gardant sur elle ses épais jodhpurs (certains après-midi, elle soigne des pur-sang).

Si elle conserve sa casquette sur la tête, ses lunettes teintées, le col de sa chemise relevé, c'est mauvais signe. On s'apprête à lui nuire. Elle est persécutée.

À dénoncer sans arrêt des sectes auxquelles appartiennent des dirigeants, ils lui envoient leurs services secrets. On a tenté de l'écraser, deux fois. Son courrier ne lui parvient plus.

– Tiens ! s'exclame-t-elle. Lui, par exemple ! Tu peux m'expliquer ce qu'il fiche ici ?

Elle désigne du menton un trentenaire brun, athlétique, martial, assis non loin de nous, les genoux entre les coudes.

La plage s'assombrit, l'horizon devient inquiétant. L'homme s'est levé avec embarras dès qu'il a vu que nous le regardions. Il disparaît sans se retourner, sans serviette ou s'être, lui non plus, déshabillé.

Au nom de principes dictés par ses ancêtres plus soucieux de leur peuple et de justice, selon elle, que les malfaisants actuels, Geneviève détaille sur des sites Internet les contrats qui ont été scellés, les profits réalisés.

– Le moins corrompu, allez, c'est encore mon beau-frère…

– Vous voulez dire Jacques Chirac ?

– Il a une façon absolument terrifiante de vous rappeler à l'ordre pendant les repas, « Geneviève, il *convient* de ne pas… » Cela suffit pour vous glacer.

Elle oublie m'avoir déjà raconté des anecdotes. Quand elle chassa du lit, dans son sommeil, Madonna à coups de pied. Comment elle ne fut pas pour rien dans la fortune de Bill Gates. Le soir où elle fit attendre des chefs d'État à Versailles. Elle devait honorer de sa présence un opéra de Rameau et s'était trompée d'entrée.

*

Un soir de juillet, au téléphone :

– C'est aujourd'hui mon anniversaire, dit-elle. Tu me rejoins à Montalivet ? J'ai envie de faire la fête.

Avant que le soleil se couche, je cueille un bouquet de fleurs des champs, l'esprit en proie à la curiosité. Ce n'est pas du tout le jour de sa naissance, qui prend date au printemps, j'ai vérifié sur Internet.

De bottes western blanches comme neige,

aux talons de dix centimètres, jaillit une cotte, une combinaison bleu électrique. Ses yeux ont été maquillés dans le même ton, celui, peint à l'aérographe, des artistes de réservoirs et de carrosserie. D'infimes paillettes dorées tombent sur ses joues depuis la chevelure platine, sculptée en hauteur. Yipee ! se retient-on de crier, lançant son chapeau en l'air et tirant des coups de revolver.

Elle est accompagnée d'Ewan, au physique impressionnant. Une chemisette Lacoste, un pantalon de toile légère semblent sur lui échantillons de tissu prêts à se déchirer.

– Mon garde du corps, présente-t-elle. Nous avons jusqu'à trois heures du matin. Il est fourni par mes supérieurs de l'OTAN (?). N'oublie pas qu'on a tâché de m'assassiner. Deux fois.

D'où sort-il ? D'où le sort-elle ? Tandis que nous descendons la rue de l'Océan en direction de la grève, j'essaie de démêler les liens qui unissent Geneviève à ce type. Ils ne sont pas de pure amitié. Ewan, qui est écossais, parle à peine dix mots de français. Quand la Princesse s'adresse à lui, dans son anglais international griffé par les « r », il se contente d'esquisser, avec une obligeance mécanique, un sourire revenu de la contrée zen où il se trouvait.

L'a-t-elle loué ? Emprunté ? Mais pourquoi chercherait-elle à éblouir, alors que, d'une certaine manière, c'est déjà fait ?

Pour l'heure, avec son bouquet de fleurs dans les bras qui lui donne l'air d'avoir remporté le rodéo, Son Altesse hésite. Qu'est-ce qui lui ferait vraiment plaisir, le soir de son anniversaire pour rire ?

Une gaufre à la chantilly chez Teyssier, une baraque foraine installée en été sur la place du 8-Mai, en ce moment déserte, chacun dîne chez soi, dans le camping-car ou sous la tente.

Sur le comptoir formé par une paroi rabattue de la caravane, un haut-parleur diffuse des variétés années 70, Mike Brant, Joe Dassin, Dalida. Nous réunissons trois chaises en acier près d'une table, dans la lumière des néons jaunes et roses. Le vent a fraîchi. Geneviève, mon blouson sur le dos, se flanque de la chantilly jusque sur le front, tandis qu'Ewan et moi, assis de chaque côté, la regardons manger.

– *Mulberries*? interroge-t-il en montrant des arbres taillés au plus court, sous cette forme atrophiée qu'on appelle «têtard».

– C'est un peu plus compliqué, dis-je. Mûriers, mais platanes, les deux. Platanes-mûriers.

De profil, Ewan présente une cicatrice absolument monstrueuse, qui plie la peau du cou et remonte derrière l'oreille. Il n'y a qu'un yatagan pour faire cela, ou une séance de torture à la meuleuse.

– Il aime les végétaux, prévient Geneviève en crachant des miettes.

Lui se penche vers Son Altesse, enlève avec infiniment de délicatesse la crème qui nous gênait, sous les cheveux.

★

Un matin d'août cette fois, franc vent, ciel bleu, la rue de l'Océan mène à la proue d'un navire écumeux, je reconnais Geneviève de loin. Elle préside une longue table en terrasse des Copains d'abord. Il y a là Georges, placide, en chemisette et nu-pieds ; quelques amis du couple, déjà croisés ; des noctambules qui retardent le moment d'aller se coucher.

Un grondement agite le petit groupe, d'où fuse parfois un éclat de colère. Geneviève et Georges viennent d'être expulsés *manu militari* du camp naturiste. Des fourgons de police, un bulldozer sont arrivés à l'aube. On leur a laissé une heure pour emballer leurs affaires.

– Vous ne croyez pas qu'en plus, je vais faire les valises, débrouillez-vous ! a lancé Geneviève au gradé, en n'emportant que son ordinateur.

(« Démerdez-vous ! » est-il noté sur une copie du procès-verbal qui passe maintenant de main en main, accompagné d'une pétition de soutien.) Les chenilles du Caterpillar ont écrasé le bungalow comme une boîte d'allumettes.

– Et l'arbre bleu du Brésil ? demandé-je, effaré.

Elle hausse les épaules, ricane. « Ils n'ont

pas bien mesuré à qui ils avaient affaire. Je les tiens par les *cojones*, moi ! »

Jamais son sourire n'a paru si éclatant, l'adversité l'illumine de l'intérieur.

– Vous deviez des arriérés ? demandé-je encore.

– Pas du tout. Ils sont consignés chez huissier. Mais nous nous heurtons à des gangsters, voyez la méthode…

Plus tard, Georges me prendra le bras et, se penchant vers moi :

– J'étais fonctionnaire, dira-t-il. Je suis devenu invalide. Je touche une pension. Vous imaginez quelle existence j'aurais dû mener… Avec elle, je ne m'ennuie pas une seconde, vous comprenez ?

★

J'ai reçu cet hiver une carte postale de Bruxelles, une vue de la Grand-Place. « Les meilleures gaufres sont chez De Meers » lit-on au verso. Suivent une adresse (« confortable ») et une invitation à s'y rendre, « Pourquoi ne pas nous rejoindre ? »

Parce que le Nord, le froid séparent les fleurs de la tige, cristallisent le vrai, fanent le faux.

Mieux vaut que Geneviève continue de remonter la dune, ses bottes à la main, élégante en jodhpurs, ses cheveux flambant au soleil. On dirait une allégorie de la littérature. Derrière elle, je vais soupirant.

Comme elle est belle !, indomptable et rêveuse, sans-le-sou tutoyant le riche. La reine des marginaux.

Chapitre 10

Nous avons vu comment furent abattues les branches du platane qui empêchaient les volets de s'ouvrir, et combattue la ronce qui cachait la fermette. On ne pouvait se figurer les contours exacts du terrain alentour, brouillés par un maquis impénétrable d'arbustes, de broussailles et d'épineux. La parcelle s'asphyxiait en réclamant de l'aide.

On nous proposa de ces machines qui labourent tout en un après-midi de Transamazonienne. Nous préférâmes affronter l'abondance à mains nues, en famille.

La forêt, défrichée mètre après mètre, révéla des richesses. Une mare d'où jaillissent des iris d'eau ; une clairière peuplée de fougères ;

une hydre de cinquante ans, un saule fragile (*Saxa fragilis*) qui, étouffé sous la végétation, avait poussé de façon rampante, géante et monstrueuse.

Le travail le plus spectaculaire consistait à ôter les souches d'acacias abattus autrefois. Il faut creuser un trou à leur périphérie, dont le diamètre peut devenir lunaire, cela dépend des racines que tu scies une à une, dévoilant que plus profond, il y en a d'autres. Le soleil, bas ce matin au-dessus de la rosée, s'éteint maintenant dans ton dos, cessant de le brûler.

Lucien, clappant au soir sur le chemin, ne te rappelle pas, lui, que les machines existent, il se contente d'observer ton travail, les yeux plissés de satisfaction parce que la pelle et la pioche sont toujours d'actualité.

La nuit, tu rêves que tes dents se déchaussent.

Encore une matinée. Le sable succède à l'humus. Soudain, dans un craquement annonciateur, la chose a vacillé. Ne reste plus qu'à l'extirper de l'entonnoir avec des astuces néolithiques. À la rouler jusqu'au tas où ses sœurs attendent octobre et l'autorisation de les consumer. L'aube, au début de l'automne, insinue entre les pins les suaires des feux sur la presqu'île.

Le nettoyage allait son train, celui, ralenti, des néophytes méticuleux, quand le taillis se mit à bloquer. Les prunelliers, les acacias coupés ici revenaient là. Le végétal entrait en résistance. Nous nous retournâmes. La surface déjà conquise permettait de planter un verger, un potager à nos petites dimensions. Nous rendîmes le reste de la forêt à ses habitants, passereaux, mulots, reptiles, rapaces, après l'avoir éclaircie, et tracé des sentiers.

Le voisin, pour n'être plus impénétrable, demeure impressionnant. Le jour n'est pas déjà couché que des ombres tapissent les fourrés, comme celles d'invités arrivés en avance. Si les huniers, quinze mètres plus haut, continuent d'être dorés, les mâts travaillent dans des grincements de porte. On ne sent pas de vent, pourquoi les fougères s'affolent-elles en ligne, avant de se figer dans une immobilité devenue suspecte ?

Les ronciers dessinent l'entrée de huttes

obscures d'où s'échappent des frôlements indistincts. Certains soirs, on croit entendre s'accorder des instruments, à d'autres, une demi-mesure de Bartók, vite exténuée. Le lierre couvre-sol luit pareil qu'un parquet ciré. La gracile bourdaine, parée de ses pendeloques en petits cœurs naïfs et roses, tremble, semblable à une enfant non accompagnée.

Le roi du bois s'impatiente dans le dernier pli du jour. Il prend le promeneur sous le coude, ce dernier dépité d'être exclu de la fête cruelle. Une escorte de *calamèques* (moustiques) le raccompagne, vêtus d'une livrée de valet au XVIIe siècle, jaune barrée de noir. Un nuage de Sganarelles, comme lui prévenants mais fourbes.

Le lendemain matin, tout ce joli monde roupille, affalé dans les coins. Crénom! Les branches pendent lamentablement, les fougères s'affaissent sous le poids de la rosée, les bosquets gisent écartelés. On relève des traces.

Dans la clairière entre les chênes, une touffe de poils, une poignée de plumes, des feuilles brunies de sang témoignent de combats singuliers.

Alors que nous avons marqué net la séparation d'avec lui, le petit bois développe, seul, un sas, une lisière montrant des plantes basses plutôt que des buissons hostiles. Laquelle est piquetée, à la belle saison, de marguerites blanches, de bleuets, des épis mauves de la salicaire, des pyramides jaune canari qui surplombent la molène noire. La forêt cultive, de ce côté, une plate-bande de ses fleurs à elle, grotesques, fantaisistes, sauvages.

Comment s'empêcher d'y voir, sinon un remerciement, au moins une grâce ?

Devant, le verger tient du jardin d'enfants, chacun son tuteur, des pieux plus gros qu'eux, et qui leur évitent de prêter obligeance au vent d'ouest, ainsi que les camarades giflés sur la lande. Un fruitier, ça pousse droit, ça se taille, ça s'arrose, ça se traite, ça se bine. Bon sang, j'ai encore signé pour quatre ans d'inquiétude, de grimaces quand le noyer se fendille, l'amandier se défeuille et le pommier attrape la tavelure.

Qui d'autre ? Le figuier et son odeur de

mur chaud en été; l'olivier amoureux des extrêmes, canicule et déluge; le cerisier où poussent des haïkus; le pêcher qui réclame deux fois par mois son médicament, dès le printemps, comme la vigne (elle, le mildiou, lui c'est la cloque) ; le poirier, un résistant qui cache sous un manteau gris le sang orange de son aubier; l'abricotier, enfin, victime d'un sort étrange, étêté trois fois, et qui ramifie désormais près du sol, sur le porte-greffe. Que donnera-t-il? Des quetsches? Des mirabelles?

Pourvu que le mien, de karma, m'accorde de vérifier qu'il n'y poussera pas de nèfles. Une fatalité veut que, si je connais les affres de la plantation, les récoltes abondantes m'échappent. Qui régale les arbres dont je me suis autrefois occupé? Et surtout, sont-ils bien soignés?

Je me souviens de trois fruits énormes et velus qu'avait offerts, peu avant notre départ, un cognassier. D'un mûrier *alba* que les brumes du Nord n'incommodaient pas. Quel goût peuvent avoir à présent ses petites baies blanches?

Cultiver, et n'en pas tirer profit, m'a doté des réflexes d'une mère égarée. Je m'introduis dans des propriétés, j'ausculte les ramures d'espèces m'ayant jadis appartenu – mais un arbre, comme un humain, appartient-il bien à quelqu'un ? J'admire le travail, la main sur le tronc qu'un jardinier habile a su élever.

Ainsi ai-je rencontré, à Civrac, monsieur R. Il aurait pu me virer – ce qui arriverait souvent, si la dialectique ne cassait des briques. J'examinais l'un de ses cerisiers lorsqu'il m'a rejoint sans hâte.

– Ce ne sont pas les meilleures, a-t-il dit en montrant les guignes dans la fin du printemps. J'ai des bigarreaux. Allons en cueillir une poignée, ce qui vous évitera d'abîmer ces branches en me les dépouillant.

J'ignore le métier qu'a exercé monsieur R. Il plane sur ses occupations passées le mystère nécessaire dont s'entourent certains fonctionnaires. La demeure qui se dresse au-delà d'une haie de lauriers-roses respire l'opulence discrète et la dignité, la cravate sous la robe de chambre.

Il est petit, voûté, maigre. Comment sais-je qu'il a cessé ses activités, ce que l'âge ne traduit pas toujours ? C'est qu'en passant près d'une touffe où je reconnais à voix haute des montbrétias, il se demande si leur nom ne provient pas du latin.

– Il faudra que je vérifie, ajoute-t-il. Je m'étais promis de l'étudier quand je serais à la retraite. Maintenant, j'apprends le grec. Après le Gaffiot, le Budé…

Il n'en tire pas vanité. J'accepte un pochon de cerises sans dire que je ne voulais pas en voler.

Je reviens l'année suivante à la même période. Je le trouve en bras de chemise sous laquelle apparaît un maillot de corps. Il fouille une rangée de pommes de terre nouvelles à l'aide d'un *pieurc*, un outil à deux crocs.

– C'est qu'elles coûtent cher… se croit-il obligé de justifier en tendant le coude, plutôt que la main, afin que je le serre.

– Les montbrétias, dis-je.

– Oui ?

– C'est un genre de *crocosmia crocosmiflora*.

Son visage s'éclaire.

– Vous vous en êtes rappelé…

À dix heures du matin, le soleil cogne déjà dur. J'enfouis les mains dans la terre, de l'autre côté de la rangée. Monsieur R. utilise un parfum raffiné et poivré.

Bientôt, nous nous organisons, il pioche et je ramasse. Les patates gisent dans les miettes du sol comme les pièces aurifères d'un trésor éclaté. Parvenus au bout, nous comptons cinq cageots pleins ; dans un seau, celles que le *pieurc* a abîmées.

– Venez, dit monsieur R., je vais vous en donner.

Je l'accompagne jusqu'à un grand préau sous lequel il range son matériel. Deux vignes peintes en bleu l'encadrent. Il abrite une table, des chaises dépareillées. Dans un coin, un Frigidaire archaïque cesse de ronronner en poussant des *glang* de gamelle frappée. Cela sent l'herbe tondue et le dégrippant. La vue prend en enfilade le potager et le verger.

Je crois que si j'habitais là, ce serait mon endroit favori. Monsieur R. semble partager cette dilection.

– Je viens quelquefois lire ici, dit-il en désignant un fauteuil dont le crin émerge en dessous du coussin.

Je suis repassé il y a deux semaines, au soleil couchant. Monsieur R. était en forme – je peux à présent discerner s'il va mal ou non, puisque nous ne parlons pas de notre état, de notre métier, ni de notre famille, toutes choses qui paraîtraient entre nous inconvenantes, et dont l'énigme constitue, pour une large part, les fondations de ce qu'il faut bien appeler notre « relation ».

Car monsieur R., cette fois, m'a prié de l'attendre sous le préau, a ramené de sa demeure deux petits verres ouvragés. L'aïeul bruyant du minibar contient du pineau blanc, embouteillé maison.

Notons que certains Médoquins (ou assimilés : monsieur R. n'a aucun accent) acheminent ce breuvage depuis « l'autre rive », en quantité, reproduisant le négoce qui unissait jadis si étroitement la pointe et la Charente, avant d'ajouter au cognac et au moût de raisin frais un ingrédient, chacun le sien.

Monsieur R., dans ses bidons, écrase quelques prunes.

Côte à côte, et non pas vis-à-vis, les coudes rêveusement sur la table, nous contemplons un ours rose dans le ciel, un cumulus de proportions monstrueuses qui bientôt roule sur le flanc, pattes repliées, comme pour jouer. Le trajet d'un avion coud deux lambeaux de cirrus et ne surfile plus qu'en pointillé.

«Au risque de paraître trivial, demande monsieur R., savez-vous d'où provient le mot «vitriol»?

«*Visita Interiorem Terrae Rectificando Invenies Operae Lapidem*. Un acronyme. "Visite l'intérieur de la terre, en rectifiant, tu trouveras la pierre d'œuvre." La devise des alchimistes. Elle signifie aussi qu'à l'intérieur de soi, on trouve toujours quelque chose à modifier.»

C'est impressionnant. Je raconte un peu

bêtement à mon voisin l'émoi dans lequel m'avait plongé autrefois Sénèque, *Les Lettres à Lucilius* dont j'apprenais des extraits par cœur – l'inouï, alors, d'être tombé sur l'une d'elles au baccalauréat.

Lui évoque le *De natura rerum* de Lucrèce. La puissance, chez ce dernier, des éléments, du fer, de l'air, du tonnerre et de l'eau. Lucrèce, explique-t-il, ressemble à l'une de ces étoiles en formation qu'aujourd'hui encore nous voyons naître.

– Sa jeunesse est *relativement* éternelle, rectifie-t-il, et les pattes-d'oie qu'il possède au coin des yeux se plissent de belle façon.

De cela non plus, nous ne parlons pas, et qui pourtant nous lie, le sentiment du *breve tempus*, le vague aux âmes soufflées sitôt qu'allumées, mais dans lequel nos rendez-vous improbables, le hochement de tête complice au passage du mot « acronyme », le latin dont nous n'ignorons plus, enfin, à quoi il sert (à rapprocher les hommes), les arbres qui donneront après nous des fruits, le soleil qui s'éteint, même lui, dessinent une fenêtre ou bien prêtent un cachemire.

Chapitre 11

Sale temps. Il fait froid. Trois jours pleins de ciels gris et de pluie nous font arborer masques de tristesse. Il ne faut pas nous déranger.

Je deviens maître du feu et portier pour greffiers. Un poêle à bois assure, dans la cuisine, l'existence d'un endroit où se réchauffer tout à fait.

Dans le dos de D., assise à son bureau, brûlent des bûches de chêne. Y mêler du pin, de l'acacia, parfume le chemin d'une odeur de croissants frais.

La loi édictée aux chats est la suivante :

« L'hiver s'installe, en conséquence de quoi :

« Vous ne passerez plus vos nuits dans la maison. À partir de maintenant, demi-pension, sabbats dehors.

« Qu'il pleuve, qu'il gèle, qu'il vente affreusement, ne comptez jusqu'à l'aube, tardive en cette saison, que sur vos forces. Nous vous signalons qu'un appentis a été laissé ouvert. Vous y trouverez des cartons, des chiffons, des coussins.

« De jour, aucune caisse n'étant à votre disposition, et une chatière ne présentant que des inconvénients, vous êtes priés de signifier votre intention de sortir, ou de rentrer, par tout moyen que vous jugerez malin d'employer. Nous sommes à votre disposition, n'en abusez pas. Réclamer la porte, par exemple, pour vérifier du bout de la patte que l'herbe est mouillée, paraît, eh bien, superfétatoire. »

La troupe se compose de Salsa, impériale, généreuse, philanthrope au point de ronronner à la vue d'un humain.

Luna figurerait son éminence grise, mince et ondoyante. Sa voix, aux accents modulés, en fait par ailleurs le porte-parole des revendications de la base, toujours sur la brèche dans la lutte pour le confort.

Fiasco, mâle castré, timoré, pusillanime, mène une existence sur le rempart, dans un perpétuel qui-vive. Nous nous sommes rencontrés à une certaine période de notre vie, il était petit, je crains de l'avoir traumatisé. Par contrecoup, il bénéficie de l'assurance SOS illimitée, du traitement de faveur accordé à Domino.

La nature a doté Domino des taches noires et blanches de la vache pour avertir que l'animal comportait d'autres anomalies. L'excitation le transforme en derviche tourneur. Il accompagne le promeneur avec des bonds de biche, le plus souvent sur place, si bien qu'on le croirait monté sur ressorts. Il piétine et massacre sa gamelle avant de comprendre qu'il a les pattes dedans.

Il perfectionne plusieurs fois par jour un curieux exercice : saisir avec délicatesse un coin de couette entre ses crocs, l'installer perfidement sous lui tout en grondant.

D., souveraine, évite d'interrompre ses coups de reins. Eu égard à sa maladresse, dit-elle, mieux vaut qu'il répète.

À l'opposé de ces démonstrations, voici mademoiselle Annam, une comédienne qui parvient toujours la dernière sur les lieux intéressants, prenant le temps de déplier une ombrelle, de régler son pas. Tend-elle une de ses extrémités gantées de blanc, monte l'envie d'un baisemain.

Ghana, la petite dernière, ressemble à un chinchilla. Sa miniaturisation lui permet d'échapper à l'appel du soir. Il semble qu'elle cligne de l'œil avec malice, le matin, au moment de la retirer d'entre les pulls.

Le chien, un jour, a poursuivi un greffier coupable de vol. L'exercice lui a plu, il est devenu gendarme. Le voilà puni d'une tête à moustaches et oreilles en bicorne.

Avec l'hiver revient la saison des amours hommes-félins, que le bruyant été a désaccordées. Des voluptés naissent près des feux, sur les tables, au milieu du papier. Il a suffi d'un œil plissé, d'une gorge tendue.

D'un mime, parfois, comme si les chats éprouvaient déjà la caresse.

Annam marque un temps d'étonnement quand les doigts glissent dans sa fourrure. Il faut suspendre le geste, guetter le côté d'où viendra son assentiment, attendre qu'elle indique les points autour desquels gravite son corps. Les reconnaître à de brefs alanguissements n'autorise pas qu'on les exploite, caresse appuyée mène vite au saccage. Apprenons plutôt jusqu'où s'étend la gamme, autant des recoins qui s'ignorent que du moyen de les rejoindre, avec la bouche, avec l'index, avec le nez.

De petits cris suivis de points d'interrogation traduisent sa surprise. Je ferme les yeux pour mieux me concentrer dans la main qui moissonne sa pelisse. Un baiser – délicat coup de tête sous le menton – contraint à les rouvrir. Nous nous découvrons étourdis, reconnaissants, inquiets, presque, de nous rejoindre si étroitement dans nos vies différentes.

Pendant ce temps, ses congénères regardent la télévision, c'est-à-dire, par la porte-fenêtre, un programme de rouges-gorges que la faim enhardit. De matous voisins, efflanqués et transis.

Dans le lointain borné par la forêt, au-dessus des fougères affaissées, s'élance pour la vingtième fois une demi-lune blanche et noire. Domino, ignorant la température, l'hygrométrie et le reste, tente d'assassiner une feuille morte depuis longtemps.

On voit par là qu'il ne se passe rien.

Je vais à Bordeaux pour acheter du shit. Je l'aime noir, dense, épicé comme une nuit orientale. Un rêve d'adolescent qui le fumait jaune, poussiéreux, au goût de paraffine. Déjà que le vice coûte cher. Monsieur Abdallâh le multiplie par deux.

Je ne saurais pourtant changer de vendeur car, outre une garantie de qualité, son tarif comprend : la sécurité de traiter avec un homme qui a atteint soixante-cinq ans; des leçons de soufisme; son temps, qui aurait été employé autrement à écouter Dieu. Voilà qui le rend en effet précieux.

Nul besoin de nous donner rendez-vous.

Il me suffit d'apparaître, cinq à six fois par an, sur telle placette, d'y demeurer entre les platanes, en attendant que le téléphone arabe fonctionne. Le téléphone arabe se présente sous la forme de portable, ou mobile. Monsieur Abdallâh débouche d'une ruelle au pas souple du chat.

L'individu a plu aux femmes, il continue de séduire. Certaines disent qu'une lumière émane de lui. La même, autrefois, m'a dicté de traverser la rue, d'aller serrer la main de son propriétaire nullement étonné, coutumier de l'hommage.

Parvenu à dix mètres, il se livre à une pantomime si alarmante que des passants se retournent – lorsqu'il ne s'agit que de m'indiquer la direction dans laquelle le précéder. J'ai beau avoir marqué une préférence pour une cour entourée de garages, rien ne le fléchit. Nous rayonnons, nous cavalons le long de trottoirs choisis par sa fantaisie, au prétexte que la police serait déployée dans le quartier, *nous* ne sommes pas à l'abri d'une trahison, la concurrence voudrait bien nous mettre la main dessus, etc., tous périls qui seront rappelés au moment de l'addition.

– À mon âge, préviendra-t-il, je ne tiendrais pas longtemps sous la torture. Et si je lâchais des noms ?

Je peux me dénoncer seul, la preuve. Je lui offrirai cependant, au moment de nous séparer, de quoi acheter des cigarettes ou une carte téléphonique, *ten dollars more.* L'électricité coupée, monsieur Abdallâh se chauffe et s'éclaire à la bougie. Pas de télé délivre (pas de télé, des livres). Aussi squatte-t-il chaque matin le rayon librairie et journaux d'un centre commercial. Les informations qu'il répercute sont précises, vérifiables (il cite ses sources).

Nous voici parvenus en vue du banc, du perron, du seuil au-dessus desquels son imagination a tendu la banderole « Arrivée ». Sprint au final. Le grand-père, par jeu, saute des bornes, contourne les obstacles. Un jour qu'il s'était glissé entre un poteau et un mur, je suis revenu, médusé, sur nos pas. Personne n'aurait eu l'idée ni la capacité de s'insérer dans cet endroit. Monsieur Abdallâh est un chat.

Il est né dans un foyer de soufisme, à Sidi Bou Saïd, près de Tunis. Issus d'une longue tradition de sagesse, les soufis, dit-on, précédaient l'Islam, d'où son nom d'Abdallâh, père de Mahomet. « Souf » signifie « laine », sans qu'on puisse présumer du manteau de l'ascète ou des entrelacs du motif divin. Ils se réfèrent non seulement au Coran, mais aux textes de leurs nombreux maîtres, de Djalâl-ud-Dîn Rûmî (XIIIe siècle, fondateur de l'ordre des derviches tourneurs) à, par exemple, Idries Shah (XXe siècle). De lui, à la suite d'Abul Hasan Nuri, cette définition : « Un soufi, c'est quelqu'un qui n'est lié par rien et qui ne lie rien. Il ne s'attache pas aux choses et il n'attache personne à lui. »

On découvre, sur cette voie de connaissance, des témoignages merveilleux d'humour, de subtilité, de tolérance – et souvent, alors que le divin seul importe, d'irréligiosité. Les soufis manient le paradoxe avec brio, la parabole couramment. Au terme de « mystique », qui entretient la brume, il convient de préférer celui de « philosophie », qui la dissipe – une philosophie au sens premier, « amour de la sagesse », et de tous les instants.

Ainsi Abdallâh remarque-t-il que je guigne du coin de l'œil la barrette enveloppée dans du papier alu, dépassant avec insolence de sa poche de chemisette.

– Je vois que tu t'inquiètes de savoir si elle n'est pas un peu plus petite que la dernière fois, dit-il. Pourquoi ? Elle sera plus grande la prochaine. Ferais-tu appel à moi si je n'étais pas un homme de mesure ?

Depuis le perron, le banc où nous avons trouvé refuge, nous observons les passants. Il lui arrive de commenter. Je n'ai pas entendu une seule fois un jugement défavorable. Alors que je m'en ouvre à lui :

– Si tu aperçois un travers chez quelqu'un, dit monsieur Abdallâh, c'est que le même demeure en toi. À quoi bon accuser quelqu'un du défaut qui t'habite ?

– Et si je note un défaut que d'évidence je ne possède pas ?

– Alors il t'étonne ou te fait rire. Et non médire.

Un jour, l'un de ses amis arabes le reconnaît et s'arrête. Plus l'ami s'égaie, semble-t-il, en divers propos (je ne comprends rien), plus Abdallâh se rembrunit. Après un temps de silence, il pose une question, une seule, à laquelle l'ami hésite à répondre.

Mal lui en prend. Abdallâh se lève soudain pour l'agonir de la pire espèce, je ne l'ai jamais vu dans cet état, il tend ses avant-bras comme s'il allait les briser contre la poitrine de l'individu qui, par ailleurs, préfère s'enfuir.

Abdallâh se rassoit.

– Insensé ! dit-il. Il prétend avoir vu ma fille tout à l'heure au MacDo. C'est impossible. Je lui ai demandé quel jour étions-nous. Le voilà incapable de répondre avec certitude. Pourtant, il affirme qu'il ne l'a pas confondue avec une autre. Ô homme extravagant !

– Tu as une fille ?

– Quatre. Elles habitent chez leur mère. Je les sors le dimanche. Un chiche-kebab, un Coca à chacune. Ça coûte cher et j'ai si peu d'argent…

Je répète qu'à son âge, monsieur Abdallâh possède la faveur du sexe opposé. Le moment est venu de demander :

– Y a-t-il un secret avec les femmes ?

– Insensé toi aussi ! Il y en a cent, il y en a mille et des millions, autant de secrets que de femmes…

– Un conseil alors…

– Tu es en quête de l'amour ?

Calmé, il caresse du bout des doigts, avec ravissement, le dessus de sa main opposée, comme si dans cet affleurement, il ranimait des souvenirs.

– Il faut se montrer patient, dit-il enfin. Tenace, attentif et doux. Lorsque tu la posséderas, évite d'être jaloux.

– Pourquoi ?

– Les femmes sont avides de ce qu'on leur défend. Les hommes aussi. Inutile d'attiser le désir des deux côtés. En revanche…

– Oui ?

– Cache-la aux yeux de l'Étranger.

J'imagine qu'à mon retour dans les rues de Lesparre, des volets se ferment, on tire en arrière les dernières Médoquines à se trouver sur leur seuil.

Le père tance la cadette et l'aînée. La mère soupire derrière le rideau qu'on lui interdit de relever. L'aïeule crie « Il est passé ! »

Le pâté oriental s'échange contre un paquet vide de cigarettes qui contient la somme promise. Nous devrions à présent nous séparer, reprendre le cours de nos existences différentes, mais il insiste pour me raccompagner. Suis-je sûr de retrouver mon chemin au milieu des périls ?

Il ne sert à rien de refuser, d'opposer que depuis le temps, je connais le quartier. Le sage s'en aperçoit bien, dont c'est le tour, à présent, de me filer le train.

Nous sommes pourtant quittes. Tout est réglo. Il n'a eu qu'à traverser un palier, frapper à une porte pour obtenir la barrette puis en doubler carrément le prix. Mais non, il tâche maintenant de m'extorquer un supplément. On dirait que son honneur en dépend, quand les moyens y attentent : flatteries, gémissements, menaces. Son indignité devient bientôt si éhontée qu'en éclatant de rire, j'apprends que je n'ai pas, au moins, ce défaut-là.

Évidemment, il obtient à chaque fois sa prime, *ten dollars more*, auxquels j'adjoins depuis peu un petit colis alimentaire.

Car le soufi, en vieillissant, maigrit.

Chapitre 12

Je la vis de loin, en entrant dans le supermarché. Son nez.

Ç'aurait pu être son front couronné par deux nattes préraphaélites, ses sourcils noirs, égyptiens. Son port de tête altier.

Mais non, c'était son toboggan qui retenait l'attention. Une pente de carrière crayeuse s'achevait dans l'ébauche d'une double sculpture, une paire de mustangs frémissants.

Elles vivaient, ces narines, une existence en marge de leur propriétaire, un peu comme les fesses s'agitent, puis s'installent dans un repos blanc qu'envieraient les montagnes elles-mêmes.

De la même manière, on ignorait pour

quelle raison le nez d'Alicia – tel était le prénom épinglé sur sa blouse – virait à la surprise-partie lorsque le reste de son visage, sous la peau crémeuse, n'exprimait que la lassitude de trancher le jambon, derrière le rayon charcuterie où elle servait.

Je découvris « le grenier médocain », qui est de l'estomac de porc farci, poivré, roulé. Le général de Gaulle s'en délectait au point, paraît-il, d'en faire livrer à l'Élysée. Je tiens cette précision de son chauffeur attitré, les trois jours que le Général aurait passés ici. Mais un village de Normandie produit un camembert qui approvisionnerait les tables du palais depuis que le président y aurait goûté. Il n'est pas jusqu'à Varsovie où l'on vend de curieux bonbons dont Yvonne, sa femme, aurait été gourmande. Il semble qu'un rapport s'établisse entre de Gaulle et les aliments forts.

Je pratiquais en alternance le museau vinaigrette.

À rebours du consommateur avisé qui se

précipite dès que la place est libre, j'attendais qu'une file d'attente se forme pour en occuper le bout. Ainsi pouvais-je contempler Alicia à loisir, juchée sur des sabots suédois roses, assortis à son uniforme. D'apercevoir ses talons nus, charnus, cela faisait comme une privauté dérobée, une crudité inattendue.

Qu'elle détaillât l'andouille ou remuât la paëlla, son visage cessait bientôt de ressembler aux autres. Vidé de l'intérieur par une abstraction, toute vie calme, puissante, s'étant réfugiée dans son nez, il gagnait une hauteur où les publicités ne formaient plus qu'un arrière-plan de couleurs indistinctes. C'était alors la Fornarina peinte par Raphaël, Gala par Dalí, Dora Maar sous les yeux de Picasso. Une muse.

Je pris le parti de le lui dire, un soir. Le supermarché se vidait. La pincette avec laquelle Alicia, d'habitude, remplissait hardiment la barquette de museau, n'attrapait plus qu'une rondelle de cornichon, hésitait au-dessus d'un fragment de carotte. D'imperceptibles ondulations parcouraient le flanc des mustangs.

Elle me laissa achever sans un mot. Quand son regard se posa enfin sur moi, il brillait de l'amusement que la madone éprouve envers les enfants. Et puis pas seulement.

Je connaissais ce regard. Alicia fumait le shit.

Je revins à la voiture, sur le parking où les réverbères éclairaient des mers en miniature, aux vaguelettes brossées par le vent, tandis que la pluie tombait en fine hachure. Par ici, m'avait appris monsieur Abdallâh, on ne dit pas fumer du shit, mais fumer le shit, comme le calumet, une opération magique et respectable.

En claquant la portière de ma voiture, je nous voyais nous tendre un joint en écoutant Hamza Shakkûr et l'ensemble Al-Kindî, chants soufis. Elle étirait ses pieds meurtris au-dessus du tableau de bord.

– Tu devrais changer de chaussures pour travailler.

– Tu n'aimes pas mes sabots ?

– Au contraire.

– C'est de boulot que je devrais changer.

Deux ou trois jours plus tard, je croisais au large du rayon traiteur – marre des cochonneries –, ce fut elle qui m'appela. Elle avait mis de côté, à mon intention, une terrine débarrassée de son contenu, qui ferait un joli plat à four. Elle rédigea une étiquette stipulant que le produit était gratuit, lors du passage en caisse, et glissa si vivement une enveloppe dans le récipient que je dus être le seul à remarquer son geste.

Sur trois pages, recto verso, de couleur ocre, courait une écriture élégante, ni ronde, ni pointue, racée. Une sorte de récit onirique dans lequel « Elle » longeait le rivage

où les vagues laissaient courir
leur fin dégradé,

manquait en finir avec la vie, se ressaisissait. « Elle » devait sa tentative à un homme grossier, jaloux, mythomane (je traduis).

Je glissai la réponse le lendemain, dans une pile de prospectus d'où Alicia la retira prestement. J'y demandais des précisions.

Du point de vue de la clientèle, les emplois du temps des ouvriers pouvaient sembler baroques. Il se passait parfois plusieurs jours avant que tel ou telle réapparût. J'attendis une semaine la réponse d'Alicia. Quand elle me la donna, en mains propres cette fois, je la sentis énervée. Des frissons la parcouraient, ses yeux se dérobaient.

« Il » était revenu. Il avait gratté au volet du studio qu'« elle » occupait depuis qu'ils étaient séparés. Ils avaient passé la nuit ensemble mais au matin, il l'avait à nouveau frappée. Détail affreux : dans ce cas-là, il la regardait moins qu'il ne guettait son propre reflet, dans une psyché.

« *Elle* devient folle de cruauté, concluait Alicia, un jour, *il* expierait. »

Ah oui ? Et quand ? Sous son écriture rendue fantasque, oppressée, je ne parvenais qu'à relire des choses apprises du temps que je m'attardais dans les jupes de ma mère. Les deux amies qui, à tour de rôle, venaient se confier à elle, n'étaient pas employées au supermarché, mais des femmes cultivées, habituées aux vernissages, abonnées aux concerts.

Rien, dans leur éducation, ne les avait préparées à subir plus tard la volonté d'anéantissement – pour l'une, de son mari, pour l'autre, de son amant. La passion signifiait violence et volupté. Penchées au-dessus de ce qu'elles étaient capables d'endurer, elles se découvraient porteuses d'un puits insondable. Un même effarement creusait leurs orbites, à constater chaque jour que c'était ça, l'amour.

À la recherche d'un détail qui aurait échappé, elles décortiquaient sans fin le paradoxe suivant : l'humiliation, au lieu de les écraser, les redressait. L'avilissement qui aurait dû les nier leur accordait au contraire une place dans le monde. De leur aveu, elles se sentaient enfin exister.

Ce gouffre imprimait à la raison une fâcheuse torsion. Puisque l'oppression me révèle et m'élève, pourquoi ne pas l'employer ? Puisque le mal est bon, il est bon de faire mal. Peut-être songeaient-elles à mon bien, en me laissant écouter.

Alicia, comme ses aînées, s'apprêtait-elle à refuser la gentillesse, la bienveillance, à tenir pour rien ce qui ne fait pas souffrir ? Y avait-il encore moyen de l'aimer sans noirceur ? Avait-elle passé la frontière ?

J'écrivis un petit mot : je comprenais, le moment n'était-il pas venu de parler, ailleurs qu'au supermarché ? Et même, ça urgeait.

Je gardai pourtant la lettre une dizaine de jours dans ma poche. Alicia avait disparu pour une nouvelle période de latence dont j'ignorais le terme. À la fin, n'y tenant plus, je demandai des nouvelles à sa collègue du rayon fromages.

Alicia était partie subitement, dix jours auparavant. Avait déménagé sans laisser d'adresse.

– À Bordeaux ? demandai-je avec ahurissement.

Je revis un quart de seconde le sourire que la madone réserve aux enfants :

– À La Rochelle, je crois. C'est tout ce que je sais.

Les portes ont coulissé. J'ai respiré à pleins poumons en retrouvant l'air frais, et levé les yeux au ciel. Le soir se couchait de plus en plus tard. Un saule, en bordure du parking, affichait un fin duvet vert tendre. Les autres feuillus ne tarderaient pas à suivre, puis ce serait au tour des insectes, des reptiles engourdis, des couleuvres *à fourrure de menthe*.

Alicia s'était *sauvée*, n'avait pas franchi la frontière. Était revenue au jardin.

Dans quelques mois, elle tendrait la langue pour connaître le goût de la pluie. Un enfant, inopinément, lui attraperait la main le long d'un trottoir. Elle danserait lors de fêtes, même si personne ne danse.

Elle envoûterait alors un peintre, un jeune ingénieur, un manutentionnaire, je ne sais qui résolu à lui consacrer son existence. Il lui achèterait des framboises en passant devant l'étal, un savon parfumé à la pharmacie, en réfléchissant au prénom d'un futur enfant. Elle en valait la peine.

J'ai froissé la lettre dans ma poche. Que lui aurais-je apporté? Sinon une déception supplémentaire.

Cependant qu'alentour, dans le bourg, continuerait de rôder un sale type. Un ou deux ans après, il se réveillerait en constatant qu'Alicia lui manquait. Qu'elle était l'unique amour de sa vie. Que plus rien n'avait de saveur sans elle.

Il essaierait de la joindre une dernière fois. Peut-être de l'abîmer. Après quoi, les ténèbres se refermeraient sur lui. On dirait que des individus naissent en enfer juste avant d'y retourner.

J'ai souri au ciel qui devenait mauve. Le supermarché fermait dans mon dos. J'aurais embrassé le saule duveteux. La vie allait dans le bon sens, finalement.

Trois mois après, dans l'éclat de juin, je subis les conséquences d'un abus de Médoc. La presqu'île («presque» paraît un euphémisme) me ressortait par les trous de nez, comme le parfum de la coriandre poursuit longtemps qui y a goûté. Nous ne nous étions pas quittés depuis plusieurs années. J'en étais gavé.

Je pris la moto et la rangeai au Verdon dans la file d'attente du bac pour Royan, sur le continent.

À mi-chemin de l'estuaire, qu'on appelle ici La Rivière, alors que nous naviguions parmi des bancs de méduses gigantesques, sous une fête de mouettes, je me sentis allégé. La province pèse le poids d'un manteau d'hiver.

Avais-je prévu d'aller quelque part? Ce dont je me souviens, c'est d'avoir vu des panneaux «Rochefort», «La Rochelle», de m'être laissé guider.

J'atteignis le port fortifié en fin d'après-midi, ou plutôt sa périphérie. Là, des néons violents traçaient des noms de grandes surfaces sur fond de nuages gris mat, noirs à l'horizon. Je trouvai rapidement l'enseigne sous laquelle Alicia travaillait autrefois.

Que les supermarchés sont grands sur le continent! Errant dans les allées, le casque à la main, je reculais au plus tard possible le moment de me rendre au rayon charcuterie. Il y avait une chance sur mille, sait-on jamais?

Au milieu des produits familiers, tel jus de fruits, une marque de café, ses consœurs vêtues de blouses roses remplaçaient des paquets. J'avançais en tremblant de découvrir parmi elles le grand toboggan blanc, le flanc de carrière crayeuse, les mustangs frémissants.

L'orage éclata vers neuf heures. De grosses gouttes isolées, qui commencèrent à s'écraser devant l'auvent du café où j'étais attablé, dans l'odeur du bitume chaud. Des éclairs zébraient l'espace entre les tours de la Chaîne et de Saint-Nicolas, en sorte qu'elles formaient ce soir-là le décor d'un château hanté. Des touristes et des Rochelais se hâtaient vers des abris. Je ne cessais pas de les dévisager à la recherche d'Alicia.

Alors il se passa ce dont j'avais rêvé de l'autre côté de l'estuaire, sur la pointe de Grave. Une jeune fille m'aborda. Elle était blonde, gracile, trempée. Elle réclama du feu pour sa cigarette fripée. L'ayant obtenu, resta plantée en frictionnant ses cheveux.

Je l'invitai à s'asseoir, lui offris un grand chocolat.

Louise achevait à Nanterre sa première année de psycho. Elle venait de plaquer, sur la route des vacances, un type de mon âge, son fiancé.

– J'aime les hommes mûrs, dit-elle avec simplicité.

Sa chevelure dorée reprenait sous ses doigts du volume. Ses yeux qui ne cillaient pas se détournaient vers mon casque, en se demandant visiblement si j'en avais un autre.

Force m'était pourtant de constater que je n'éprouvais aucun désir, et lorsqu'elle interrogea :

– Et vous ? Votre genre, c'est quoi ?

Je compris que c'était la Médoquine, une chimère, une proie inaccessible, une construction mentale, une créature rêvée impossible à attraper.

Chapitre 13

Je revins au pays où, comme partout au monde, quelques lieux-dits, des bourgs, des hameaux rapprochés créent une sorte d'identité. Deux ou trois villes seulement : Lesparre, Pauillac… Des touristes amusés nous apprennent qu'elles ressemblent à des villages, comparées à leurs métropoles.

Notre position excentrée, notre petit nombre devraient incliner à la modestie. Il n'en est rien. La plupart d'entre nous plaignent sincèrement ceux qui habitent ailleurs, dans les centres urbains où les gens deviennent fous, privés qu'ils sont de calme, de soleil, de nature. Tassés dans les transports en commun. L'agrément de voir du monde ? On en revient. La preuve, ceux qui s'en retournent au pays, leur carrière citadine achevée comme un service militaire dû à la société. Si on les écoute, plus loin il y a la guerre.

« Ici, tout le monde se connaît. » Difficile, pour l'étranger, d'imaginer à quel point. Car le souvenir des ancêtres n'en finit pas de briller. Il éclaire les origines et renseigne sur l'héritier.

Durant l'enfance, particulièrement choyée, entourée, on a vu le caractère du petit se former. Ce dernier récolte sur les bancs de l'école un sobriquet à vie.

Des grands types apparaissent : le vaillant, le bavard, le rusé…

Cela peut être plus spécifique.

Le *belou*, par exemple, qualifie un individu discret. On le trouve souvent à proximité des endroits où il se passe quelque chose. Il tient des informations de première main. Cependant, « ce qu'il sait, il le sait ». Nul besoin d'en faire profiter les autres.

La *calamèque* est vive, fine, mordante, tellement qu'à la longue, elle en devient chiante.

Le *revès* (prononcer rébès) prend le contrepied de l'avis général et refuse, coûte que coûte, de s'y rallier. Il vote contre lorsque le reste du conseil municipal est pour. Il ne signera pas les papiers que les autres membres de la famille ont paraphés. Demandez-lui pourquoi, il répond parce que.

Lo revès, en gascon, signifie « l'autre côté, le versant opposé », aussi peut-on dire que *Lo revès a tots à revès* (cet individu a tout le monde contre lui).

Celui-ci fait le *mourre* lors des discussions, c'est-à-dire qu'il feint d'être idiot, le temps de réfléchir. Sa conclusion ne varie guère : la prudence recommande de ne s'engager en rien, jamais. Il lui suffit de continuer à tenir son rôle. D'expérience, les autres abandonnent en premier.

Ainsi « Grenouille », employé municipal, s'il répond couramment « non », refuse de dire « oui » dès qu'on l'interroge, afin de ne pas se compromettre.

– C'est bien toi, le nommé Grenouille ?

– Quoi ?

Nos tempéraments ressemblent à de grandes tables de mixage. Tout y est. Les colonnes des défauts voisinent celles des qualités. La paresse, le courage, l'égoïsme, la générosité, etc.

Nous poussons et tirons les boutons en fonction des situations. Mais quelques curseurs demeurent obstinément bloqués là-haut.

Nous traitons avec indulgence les particularités. Nous absolvons les personnages. Si un tempérament provoque un incident, nous dirons qu'« il fallait s'y attendre » ou bien que « ça devait arriver ». On plaindra le pauvre, *qué paobré !*

Depuis quand les pointes de caractère empêchent-elles d'autres traits d'exister ?

On peut être lassé de se savoir observé. Cependant il semble qu'à côté de la colonne « curiosité », dont le curseur stationne *de facto* en hauteur, celle dont le bouton reste baissé s'intitule « mépris ».

⋆

Au début, j'ai été effrayé par la violence des salutations.

– Bonjour !

– Parle-moi gentiment.

– Va te faire voir.

– Je préfère...

Elles étaient échangées avec des visages rayonnants.

– Je savais que tu allais arriver.

– Pourquoi ?

– Les mouches... Tu ne t'es pas lavé hier ?

– Ni avant-hier. Je prévoyais de te rendre visite.

Prendre l'énoncé à l'inverse de son sens s'appelle, en rhétorique, une antiphrase.

– Qu'est-ce que ça sera ?

– Elles sont bien, les côtes de porc ?

– Elles sont avariées depuis trois jours, mais enfin, puisque tu es là...

Sans le franc-parler de l'antiphrase, il semble que l'amitié irait à cloche-pied.

– Et puis alors, t'es de plus en plus gros ! Eh, oh ! On n'a pas vu assez d'horreurs pendant la guerre ?

– Je maigrirai quand tu grandiras.

– Ne t'amuse pas avec les hommes.

– Pour ce qu'il en reste…

Le roman que j'ai imaginé à Soulac vient de paraître. Le journal local s'en fait l'écho.

– Alors comme ça, tu écris des livres? demande Gary.

– Ça y est! je suis connu!

Gary découvre des dents parfaites à cinquante ans, un sourire alanguissant, comme s'il faisait éclore une fleur exotique à l'intérieur de soi. Me presse affectueusement le bras.

– Dans le pays, on lit le nom des ânes partout.

⋆

Depuis 1872 et Rimbaud, nous savons qu'

Elle est retrouvée.
Quoi? – L'Éternité.
C'est la mer allée
Avec le soleil.

Il est bon d'en goûter une lampée, l'été, jambes de pantalon relevées, dans son scintillement aveuglant. L'infini tiendra lieu d'oxygène le reste de l'année, lorsque nous serons enfouis sous les affaires courantes, comme ces bulles d'air emprisonnées dans le sable où se réfugient, à marée montante, certains coléoptères.

Il en va tout autrement de fréquenter l'océan quotidiennement. Il décourage les projets, arase les vanités. Quelques dizaines d'années auront suffi pour que les blockhaus, jadis solidaires du mur de l'Atlantique, roulent au bas des dunes. Si le jusant les découvre encore aujourd'hui, ils seront bientôt engloutis, figurant une ville d'Ys clairsemée.

Montaigne l'écrivait déjà : « En Médoc, le long de la mer, mon frère, sieur d'Arsac, voit une sienne terre ensevelie sous les sables que la mer vomit devant elle ; le faîte de certains bâtiments paraît encore ; ses rentes et domaines se sont échangés en pacages bien maigres. Les habitants disent que, depuis quelque temps, la mer pousse si fort vers eux qu'ils ont perdu quatre lieues de terre. »

Des villas sont menacées. On aperçoit à l'Amélie-plage le jardin effondré de l'une d'elles. Les cyprès qui en fermaient autrefois l'extrémité griffent la pente, sur le point d'être noyés. Peu de chose procure un sentiment d'inexorabilité comme ces quelques mètres, dorénavant à découvert, qui séparent l'océan de l'élégante maison.

Du Verdon au bassin d'Arcachon, cent kilomètres de côte sont impropres à la navigation. Nul port, pas d'anse, ni d'abri. On ne peut que s'y échouer : filets arrachés, cétacés malades, matériel de marins-pêcheurs (dont leurs gants orange), cargaisons immergées au moment d'être arraisonnées.

Les Médoquins ont eu une réputation usurpée de naufrageurs. Cependant, le même mot – un *avarèc* – désigne une épave et un rassemblement (nous disons alors qu'il y a « un avarèc de monde »). Ceux qui longent le rivage à la recherche d'objets déposés par les fortes marées « cousteillent ».

En face de l'océan énorme, cruel et ombrageux, inutile de jouer les malins. Tu ne pèses pas plus lourd que ton voisin, aussi riche soit-il. Je tiens, tu tiens, il tient – jusqu'à quand ? Les plus chanceuses : quatre-vingt-dix, cent ans… Moins qu'une tortue, qu'un éléphant, qu'une palourde. Pareil sort conduit à nous tutoyer facilement.

Nous n'avons rien trouvé de mieux, pour nous réchauffer au bord du précipice, que de nous rapprocher les uns des autres. L'affection nous est une denrée nécessaire comme le pain. Elle se prouve vingt fois par jour. On se touche, on s'embrasse, on s'étreint.

« Brave », « bon », « gentil » ne signifient pas qu'un individu s'arrête là, qu'il est borné ou demeuré, mais qu'on l'admire. L'émotion surgit en parlant de lui. La seule évocation de « la gentillesse », en général, fait briller certains yeux.

Au début, j'étais excédé, en voiture, par de brefs coups de klaxon; par des véhicules arrêtés au milieu de la chaussée, en attendant que leurs propriétaires aient fini de discuter. Je me surprends à interpeller pin-pon les copains; à stationner clignotants allumés où le sort nous emmêle.

Je trépignais dans les files d'attente que formaient aux guichets, l'été, des discussions à propos de tout, de rien, du soleil, du cousin. Je me fâchais pour être servi au restaurant, et chronométrais les retards aux rendez-vous officiels.

C'était ignorer à quel point converser abolit le temps, nous débarrasse de ses chaînes, de son fardeau. S'entendre avec quelqu'un *transporte* – peu importe le sujet. Ni client, ni employé, deux évadés échangent leurs impressions. La prison évidente a fondu autour d'eux. À mesure que leurs voix se passionnent, ils semblent entrer en lévitation. Je comprends à présent les sourires dont j'étais jaloux autrefois. Ils apparaissent en apesanteur.

Mais un geste d'impatience, dans le public, ramène brutalement les interlocuteurs sur terre, au guichet. On foudroie jusque dans la file l'importun du regard. Quelle sorte d'homme faut-il être, en effet, pour gâcher ainsi le plaisir d'autrui, et ajouter au destin implacable le joug d'un petit chef?

*

Je m'étais donné trois ans avant que les mêmes mœurs m'irriguent. C'est fait.

Je souffre, dès la rive opposée, de voir nos valeurs transformées. La résistance y passe pour de l'arriération, le respect pour de la flatterie, les vertus pour des naïvetés. Ailleurs, j'emporte un Médoc intérieur qui se languit du vrai.

Il dessine au retour, depuis Royan, une terre basse sur l'horizon. On n'aperçoit pas de construction remarquable, à l'exception de celles administrées par les phares et balises. Avec la distance, la forêt paraît occuper toute la pointe. Seules traces d'industrie, les deux porte-containers du port autonome de Bordeaux – une enclave – dressent leurs silhouettes d'autruches au-dessus d'un débarcadère. On imagine que la survie de l'île en dépend. Qu'embarque-t-on au retour ? Des oiseaux colorés dans des cages en bois ? De la résine, des pieux d'acacia ?

Il ne manque plus que des cocotiers, le long de la courbe blonde mangée par l'océan, à l'ouest, pour figurer un récif en coupe. On songe à *La Ligne d'ombre*, à *Frère-de-la-Côte*, à *Au cœur des ténèbres* et à Joseph Conrad.

Chapitre 14

Les fenêtres du studio où il habite désormais, à Bordeaux, donnent sur une rue étroite et calme. On entend des enfants jouer dans une cour de récréation dérobée aux regards. Le téléphone persiste à sonner quelque part dans un appartement déserté. Le soleil, en cette fin septembre, enjambe les saisons. Nous devrions saluer l'automne, l'été nous en retient encore.

Bientôt midi. De la rue montent des odeurs de frichti. Les Bordelais, à l'heure de manger, gardent un œil sur le départ des martinets.

Sa mère a déjà gravi plusieurs fois l'escalier, pour moi, c'est une première. Assis sur l'ultime marche, qui ne mène plus à une terrasse – l'accès est condamné –, je récapitule ses fétiches posés sur la table en contrebas. Pot de tabac, matériel à rouler, chouchous bariolés, un harmonica, des balles de jonglage. Cet oiseau-là n'emporte que son duvet.

Ça va, je maîtrise à peu près les glandes lacrymales, c'est encore lui qui me l'a appris, à son insu, inconsciemment. Les enfants souffrent de voir du pathos dans papa. Se détourner, cacher son trouble ne forment qu'une piètre échappatoire. Pour éviter les reniflements, les yeux humides, bondir, attraper une idée au vol, n'importe laquelle, s'accrocher à son aile comme à celle d'un avion. Il est conseillé de s'entraîner.

Théo fait un bon partenaire. Qu'il dévale les escaliers, fou de joie parce qu'il a obtenu une copie d'*Alphaville*, de Jean-Luc Godard, déclenche ce genre d'émotion. Ou bien qu'il lise, l'été, allongé dans un hamac, *Qu'est-ce qu'une chose ?* de Martin Heidegger.

Qu'il ait encore entre les mains, une heure plus tard, la vieille édition Gallimard, un peu plus ridée sous sa lecture, oblige à tourner l'angle de la maison, afin d'ôter la brume des lunettes. Je pleure sans doute de fierté, mais comment n'être pas ému par un adolescent dont le pur plaisir, sans contrainte ni médaille, consiste à apprendre et comprendre?

Je n'y suis pour rien. Divers professeurs sont passés par là. L'une, surtout, de philosophie. La «reine des matières» a tenu la tête du jeune homme hors du marais où nous l'avions enlisé. Il entame au bras de sa maîtresse à penser, la Salvatrice, sa première année de faculté.

Son T-shirt, qui indique cette fois «La rage n'est pas perdue», renvoie au souvenir d'une visite que je fis à Jacques, chez lui, en Bourgogne. Jacques, écrivain remarquable, merveilleux conteur, était devenu au soir de sa vie un sage comme la planète en produit quelques-uns par siècle. Il m'avait présenté son fils, lui aussi un hirsute (rétrospectivement, je le trouve charmant). Le sien, de T-shirt, arborait «*Anarchy is not dead*». Après une poignée de mains, le jeune homme avait regagné ses appartements, d'où n'étaient plus sorties, jusqu'à tard dans la nuit, que les basses sourdes du *dub* (King Tubby, semble-t-il maintenant, grâce aux goûts de Théo). Je me rappelle précisément avoir eu une mauvaise pensée, m'être dit : «Pourvu que mon fils ne lui ressemble pas plus tard!»

Qu'espérais-tu donc, pauvre idiot? Qu'il range sa chambre avant d'aller manifester?

C'en est fini de mes colères, tôt le matin, quand il loupait (à dessein?) l'autocar du ramassage scolaire. Du trajet, tous deux transis dans la voiture sans chauffage, les carreaux grands ouverts parce que, fermés, la buée s'installait – si la compagnie colore le souvenir, l'inconfort le fixe.

L'aube déchirait les nuages en lambeaux de chiffons gris. Le soleil naissant peignait l'habitacle en orange tango. Nous guettions à Coudessan le phénomène du *rebaley*, qui immerge les pâtures lorsqu'il pleut, les transformant en lacs semés d'aigrettes et de goélands.

Je ne reprenais mes esprits qu'au bout d'un temps, après l'avoir déposé au lycée. Le programme de la journée paraissait vacant sans lui. J'aurais aussi bien pu rejoindre La Rivière et la regarder couler. À huit heures, les cafés accueillent des mères, quelques pères, qui ont besoin d'un express pour se réorienter.

Sauf l'hiver, quand l'obscurité gagnait à dix-sept heures, et qu'à dix-neuf le pré gelé blanchissait sous la lune, la table de ping-pong restait dressée dehors. La journée finie, il jetait son sac sous le platane et, défié par sa mère, s'emparait d'une raquette.

Le ping-pong amateur révèle des caractères. Celui de D., obstiné, pugnace, et parvenant à ses fins (elle gagnait le plus souvent). Celui de Théo, prêt à sacrifier le score pourvu qu'il y eût un ou deux beaux gestes, de ceux qui naissent sur une balle inaccessible, attrapée pourtant dans une position insolite, un pied par-ci, une main par-là. D. affrontait alors Fanfan la Tulipe, des manchettes festonnées poussaient aux poignets de l'escrimeur. Si je lève les yeux en direction de la fenêtre, il me semble que leurs éclats de rire restent accrochés aux branches dénudées des chênes.

J'utilisais déjà l'imparfait du souvenir dans ces moments-là. J'ai tellement su que je vivais mes plus belles années. Je les dégustais en fermant à demi les paupières, ainsi devant un sucre qu'on imbibe d'absinthe, de chartreuse ou de menthe, c'est selon.

Je pousse au supermarché un Caddie devenu inutile. Je vais à ses goûts favoris avant de me rappeler son absence. J'attends toujours qu'un pas, à l'étage, rompe le silence de la maison.

Je lui demande, perché sur la dernière marche qui ne mène plus au ciel, ce qu'il trafique à Bordeaux, hormis étudier. Il lit, se rend à des expositions, va au théâtre, surtout déambule. Marche jusqu'à une heure avancée de la nuit au hasard des rues, s'y perdant, s'y retrouvant. Sur le dos, son paletot troué.

– Tu attends des rencontres ?

– Plutôt des visions farfelues, répond-il.

– Est-ce que les philosophes n'ont pas coutume de déambuler ?

– Nietzsche pestait contre «les culs-de-plomb», Socrate allait pieds nus. Mais, pas de syllogisme…, dit-il en souriant, et ses yeux bleus s'approfondissent comme ceux de sa mère. Même peau, dans le cou, qui donne envie de la mordre.

Il ne sert à rien de se détourner. Mieux vaut bondir, attraper une idée au vol, n'importe laquelle. Les deux copines qui m'avaient tarabusté toute une saison à cause de ça, la roue qui tourne en cliquetant, mais il lui manque une dent, la voilà immobilisée dans le creux du dernier enfant à partir.

C'était à l'automne de l'année précédente. Chacune, selon le jour, en essuyant les verres, gémissait de constater un vide.

– Il faut un peu de pluie dans chaque vie, concluait Tilde.

Il est temps de la rencontrer.

Chapitre 15

Lorsque j'écris un roman, je m'efforce de donner corps à des êtres que j'aimerais connaître. Non les personnages de premier plan, qui peuvent se révéler antipathiques, mais les « seconds rôles », les « passants », ceux que, dans l'existence, nous croisons sans réduire l'allure, alors que nous leur soupçonnons des vertus. Ils sont cordonnier, fleuriste, boulangère, facteur, marchand de cycles ou de couleurs… Écrire, qui rembourse d'aller vite, permet d'effectuer enfin un bout de chemin ensemble. Le souvenir de ce moment, dans tel lieu lui aussi imaginaire, résiste comme d'autres qui ont été vécus.

Aussi, quelle stupéfaction de retrouver certaines personnes en vrai ! C'est-à-dire de les reconnaître, au détour d'une rue, par hasard... Si leur apparence, leur visage sont indifférents, tout le reste – la lumière, la température, le feuillage des arbres, la placette où se tient le magasin – provoque un sentiment de déjà-vu et, à ce point de ressemblance, de durable étrangeté.

J'en sais déjà assez sur l'artisan, la commerçante, pour lier plus ample connaissance, pour approfondir une affinité que, de son côté, il (elle) découvre avec surprise. Je m'incruste dans l'image devenue animée, tangible, ainsi qu'un dessinateur plongé par magie dans un de ses croquis.

Plus question de nous quitter. Parfois je m'accroche.

Jean, mécanicien auto, me demande ce que je peux bien lui trouver pour l'inviter ainsi à dîner (mais Jean se demande souvent ce qu'on lui trouve, voilà qui le rend touchant). Je ne peux lui répondre de consulter un roman qu'il a lu, où il s'est pourtant reconnu, dans lequel il est marqué noir sur blanc, page tant : « Je savais qu'avec lui, les soirées seraient douces. »

Son déménagement, l'éloignement kilométrique n'ont pas rompu le lien que j'entretiens avec Françoise. Elle était apparue en fermière misanthrope dans *Duo forte*. La rencontrer à l'identique, plus tard, fut un très beau cadeau puisque Françoise m'a, depuis, servi de modèle. En effet, si je veux écrire un texte court, pas trop mal fichu, avec de jolies choses dedans, dignité, droiture, je n'ai qu'à penser à elle.

La première fois que je passai devant le café de l'Armistice, je restai figé sur le seuil. Je m'étais déjà accoudé, des années auparavant, à son long comptoir en hêtre, émaillé, sur le flanc, de patères individuelles. Même papier peint des années 80, même bouquet d'arums près de la caisse. J'avais jadis observé le rayon de soleil exténué à mi-chemin du carrelage, traçant une voie royale entre les tables et les chaises vides ; l'armoire d'ombre à côté de la friteuse éteinte ; les deux femmes qui géraient l'endroit.

L'une fumait, absorbée dans un songe, l'autre guettait le chaland. Dans mon souvenir peut-être étaient-elles plus âgées, et vêtues avec moins de recherche. J'ignorais que l'une fût aussi brune, et la seconde, tellement blonde.

Cette dernière, pour comble, paraissait me reconnaître. Par la porte ouverte, faisait signe d'entrer !

Je touchai mon sternum de l'index. (– Moi ?)

Elle haussa les épaules. (– Qui veux-tu que ce soit ?)

Je fronçai les sourcils (– Je vous assure...) *avant de me détourner.* (– Vous devez vous tromper)

Elle posa les poings sur ses hanches. (– Bon sang ! Nous sommes exactement sur la même longueur d'onde, depuis au moins quelques secondes – et je te passe les minutes durant lesquelles je t'ai observé. Tu ne me connais vraiment pas ?)

Elle croisa les bras sur la poitrine où brillait jusque-là un large soleil, une médaille. (– Dis donc, ça t'arrive tous les jours, ce genre de rencontre, ou bien essayerais-tu, par orgueil, de le faire croire ?)

Frappa du talon, flamenca. (– C'était donc ça… Quelle frime ! J'ai bien l'honneur, marquis… Eh là ! Où pars-tu ?)

Elle fila au bout du bar, tapotant dessus pour rattraper mon attention, et attendit, profil levé, mains dans le dos, paupières closes. (– Alors, tu me la fais, cette bise ?)

Ouvrit un œil. (– Chouette ! Il est encore là)

Tilde embrasse au bout du comptoir pour qu'on n'ait pas à trop se pencher. Une marche l'y rehausse. Sa brune associée n'est pas plus grande.

Tilde, comme Mathilde, son diminutif ; comme l'oiseau qui, en espagnol, survole le cañon (prononcer Tildé). Tilde, notre voix s'éteignant dans le –e, si nous avons quelque chose à lui demander, « C'est à propos de mon ardoise, Tilde… » Tildé, lorsqu'on veut l'animer, qu'elle crie « C'est magique ! » et l'entendre chanter. « Tildé, je t'invite ce soir à danser. Tu es libre ? »

L'Espagne lui tient lieu de passion supérieure, au même titre que pour d'autres, le théâtre ou l'équitation. Le pays, après avoir infiniment tramé sa vie, continue de figurer un ailleurs meilleur, un univers en expansion, une contrée semblable à celle du comédien, du cavalier, où il arrive de frôler la pure perfection, d'atteindre des moments de grâce. Franchir les Pyrénées, à chaque fois, pour elle, récompense des études, des lectures, une attente.

Pourquoi ne pas avoir prolongé cet envoûtement par un métier? Certaines personnes doutent d'elles-mêmes et craignent plus que tout de se montrer malhabiles dans leur domaine de prédilection. Malgré les apparences, selon les circonstances, Tilde manque d'assurance.

Il s'agit d'un jardin privé. On ne l'entend pas rectifier *problema* à la place de *no problemo*. Elle chuchote comme un secret *mariquita* quand au comptoir, tu enrichis ta collection de coccinelles, *ladybird* en anglais, *Marienkäfer* en allemand, *vole-Marie* en gascon.

Cette mère de famille nombreuse compte une soixantaine d'enfants. Des quarante premiers, il n'y a rien à dire, puisqu'ils sont sages, beloteurs circonspects, commerçants du village, copines qui viennent boire un café après avoir vérifié, par la vitre, que le bar s'est vidé.

Reste une vingtaine d'individus à qui la maîtresse des lieux accorde une importance croissante à mesure qu'ils sont malheureux. La plupart ont en commun de fumer, des voitures rafistolées, d'exercer des métiers saisonniers, d'avoir traîné ailleurs, de n'être pas d'ici. En général, ils ont été stoppés dans la pinède à l'endroit où une femme les a quittés, là où une autre les attendait, peu importe dans quel ordre, durant la transition, ils se sont perdus. Ces hommes sentimentaux, à dix-huit heures, versent une larme en constatant qu'ils ne sont pas tout seuls. Et donc, que le sentiment se partage.

La bienveillance angoissée de Tilde, ses attentions augmentant à proportion de son inquiétude, les inciteraient parfois à commettre une bêtise supplémentaire. Ils ne sauraient rivaliser, cependant, avec les deux ou trois en tête de peloton. Ceux-là n'ont plus qu'elle pour les visiter, aphasiques mais conscients, à l'hôpital de Bordeaux.

L'accès se révèle toujours malaisé, elle ne fait pas partie de la famille. Mais la famille a rangé l'arsouille dans la boîte aux fantômes, et Tilde explique pourquoi elle est là.

Un infirmier, *hochant la tête.* – Vous en portez beaucoup comme ça ?

Tilde, *tapant du talon.* – Et vous alors, combien ?

Nul besoin de se livrer à de telles extrémités pour conquérir son cœur. Ses préférés foncent sans s'arrêter jusqu'au bout du comptoir où, en échange d'une bise, ils glissent un bouquet d'asphodèles, une barquette de girolles, deux bars de ligne. Ils n'acceptent qu'un café, « mais alors vite fait ! » Ils grognent, si tu veux leur parler.

Sous un panneau de liège où sont affichées des photos – Tilde, son associée, au milieu de nous, les habitués, tenant un nounours dans les bras (Noël), coiffés de plumes d'Indiens (anniversaire de Jean-Louis) – une petite table supporte des piles de livres ainsi qu'une ardoise où il est marqué « Servez-vous ». Des clients déposent des volumes, ou bien en emportent sans obligation de restitution. Le don, l'emprunt restent anonymes.

Va pour les exemplaires en anglais, allemand, espagnol, dont on soupçonne la provenance, mais qui nous a submergés, un temps, de récits de corsaires ? Et, un autre, de San-Antonio ? *Les Fleurs du mal* de Baudelaire, dans différentes éditions, remportent le prix de l'ouvrage le plus récurrent, l'éternité *de facto*.

Tilde ne se contente pas de lire, mais relit dans la foulée, quand l'ouvrage lui plaît. Son sentiment est fondé, étayé, plein de bon sens. Elle conclut en s'excusant de l'avoir eu. Ne pas hésiter à lui soumettre certains textes si l'on veut, à propos d'eux, en avoir le cœur net.

Dans la file d'attente de la séance « Art et Essai », au cinéma, elle est souvent quatrième, derrière D. et moi. Le cinquième et dernier, on ne sait pas qui c'est. Il change tout le temps.

J'ai connu, un soir de fête de la Musique, le privilège de lui prendre le bras. Le village était massé dans la tribune du stade, et regardait les couples, les familles, s'encadrer successivement sous le porche d'entrée.

Une sorte d'onde émanait de la foule, comme d'un essaim, un murmure énorme, imprévisible. Tilde maintenait mon poignet. J'entendis qu'on nous jetait quelques fleurs au milieu du vacarme. J'en conçus une fierté, je l'espère invisible, avant de nous trouver une place parmi le public.

Elle est l'amie dont la présence manque en novembre, à cinq heures, devant un thé ou une cheminée. C'était elle, au lycée, un peu ronde, chamarrée, qui ne craignait pas d'interpeller le professeur en notre nom, les élèves. Quelquefois, la porte du cours restait ouverte, on entendait les sanglots d'une inconnue dans le couloir, et Mathilde ? « Elle console... » disait-on, comme si ce rôle lui était confié par l'établissement.

Elle fermait souvent la marche d'une bande

de garçons, l'air préoccupé et les mêmes rangers qu'eux.

C'est chez elle que j'irais, le cas échéant, me planquer. Son mari, un type formidable (évidemment, je ne peux le voir qu'avec les yeux de Tilde), me procurerait des faux papiers. Leur fils, dans la rue, sifflerait un air qui signifierait « La voie est libre, tu peux y aller… »

Un bel après-midi de juin, elle m'emmène pêcher des tellines « au bout du monde ». Ainsi désigne-t-elle une portion de littoral difficile d'accès, les tellines sont petits bivalves beiges, rosés, délicieux frits en persillade, ou cuits dans la crème des spaghettis, *alle vongole*.

Nul sentier n'accède à la fin des terres. Nous crapahutons au milieu de pins maritimes restés pétrifiés depuis la tempête de 99, comme des poutres effondrées dans une cathédrale. Le soleil pénètre avec ardeur par les trous de la voûte. Cette ample et lointaine respiration qui se faufile entre les troncs chamboulés, c'est le *mahoun*.

Les pins rapetissent, adoptent des formes chinoises, finissent par ramper au pied de la dune.

En direction du ciel bleu, grimper une portion de désert piquetée de chardons, de traces de lapins, de plantes grasses dont, ici et là, un aloès. Le panorama, en haut, pourrait être de Normandie ou d'Irlande, une brise de mer coiffe les oyats, la plage connaît le genre de calme qui précède un débarquement.

En bas, après avoir dévalé la pente, on songe plutôt au Sénégal. Le jusant abandonne des étangs dorés. Des mirages tremblotent où la vue s'arrête, aux extrémités de la côte vierge d'humains. Trois goélands, pattes au sec, bec au vent, attendent un ordre venu de l'océan. Aucun bateau avant l'horizon immense au point de paraître très arrondi et impitoyable.

Pour pêcher les tellines, Tilde en maillot de bain pratique une sorte de danse, à l'endroit où s'achèvent les vagues. Son twist initiatique, des talons creusant le sable, coudes écartés pour ne pas perdre l'équilibre, forme à ses pieds une cuvette d'où les coquillages remontent. Elle les insère alors dans une bouteille en plastique. Au bout d'une demi-heure, elle en compte treize, j'en ai ramassé un.

C'est assez, je renonce. Je m'allonge sur la langue de sable où nous nous trouvons et laisse Tilde s'éloigner en dansant. Les yeux se ferment sous la caresse du soleil, les doigts s'enfouissent dans la silice. Pour seuls nuages, quelques cumulus patientent à l'embouchure de la Gironde, comme alignés devant l'écluse.

Quelle légèreté, soudain. Je ne possède plus qu'un morceau de tissu. Alentour règne l'essentiel, sans fioriture, mer ciel sable soleil, les points cardinaux. L'âme, dit-on, pèserait vingt et un grammes. Bientôt vingt, dix-neuf…

Avec la sensation de dépouillement s'apaise le rythme cardiaque. Une voix, à l'intérieur, chuchote que tout cela n'avait pas beaucoup d'importance.

Rarement se trouve-t-on si près de s'élever, de léviter. Sort qui n'est dévolu, hélas, qu'aux oiseaux de mer, lesquels viennent de prendre leur envol par-dessus la dune.

La silhouette de Tilde continue de swinguer, les mains batifolant à hauteur des oreilles. Voilà enfin celle à qui je dois d'embrasser « l'ange du paysage », selon le mot de Valery Larbaud. L'ambassadrice, la traductrice, Pocahontas, la Malinche, Tilde…

De loin on dirait une vahiné.

Ce 249e titre du Dilettante a été achevé d'imprimer à 5 555 exemplaires le 21 juin 2008 par l'Imprimerie Floch à Mayenne (Mayenne). Il a été tiré, en outre, 33 exemplaires sur vélin pur chiffon, numérotés à la main. L'ensemble de ces exemplaires constitue l'édition originale de « De loin on dirait une île », d'Éric Holder.

Dépôt légal : 2e trimestre 2008
(71420)
Imprimé en France